中国古代文史经典读本

杜 甫 诗 选评

葛晓音　撰

上海古籍出版社

图书在版编目（CIP）数据

杜甫诗选评／葛晓音撰.—上海：上海古籍出版
社，2019.4（2025.5重印）
（中国古代文史经典读本）
ISBN 978－7－5325－9202－9

Ⅰ.①杜… Ⅱ.①葛… Ⅲ.①杜诗—诗歌评论 Ⅳ.
①I207.227.42

中国版本图书馆 CIP 数据核字（2019）第 062959 号

中国古代文史经典读本

杜甫诗选评

葛晓音　撰

上海古籍出版社出版发行

（上海市闵行区号景路 159 弄 1－5 号 A 座 5F　邮政编码 201101）

（1）网址：www.guji.com.cn
（2）E-mail：guji1@guji.com.cn
（3）易文网网址：www.ewen.co

常熟市文化印刷有限公司印刷

开本 787×1092　1/32　印张 10.375　插页 3　字数 138,000
2019 年 4 月第 1 版　2025 年 5 月第 7 次印刷
印数：13,001 —14,500

ISBN 978－7－5325－9202－9

Ⅰ·3378　定价 32.00 元

如有质量问题，请与承印公司联系

出 版 说 明

　　上海古籍出版社成立六十多年来形成了出版普及读物的优良传统。二十世纪，本社及其前身中华书局上海编辑所策划、历时三十余年陆续出版的《中国古典文学作品选读》与《中国古典文学基本知识》两套丛书各八十种，在当时曾影响深远。不少品种印数达数十万甚至逾百万。不仅今天五六十岁的古典文学研究者回忆起他们的初学历程，会深情地称之为"温馨的乳汁"；而且更多的其他行业的人们在涵养气度上，也得其熏陶。然而，人文科学的知识在发展更新，而一个时代又有一个时代的符号系统与表达、接受习惯，因此二十一世纪初，我社又为读者奉献了一套"新世纪文史哲经典读本"，是为先前两套丛书在新世纪的继承与更新。

　　"新世纪文史哲经典读本"凝结了普及读物出版多方面的经验：名家撰作、深入浅出、知识性与可读性并重固然是其基本特点；而文化传统与现代特色的结合，更是她新的关注点。吸纳学界半个世纪以来新的研究成果，从中获得适应新时代读者欣赏习惯的浅切化与社会化的表达；反俗为雅，于易读易懂之中透现出一种高雅的情韵，是其标格所在。

　　"新世纪文史哲经典读本"在结构形式上又集前述两套丛书之长，或将作者与作品（或原著介绍与选篇解析）乳水交融地结合为一体，或按现在的知识框架与阅读习惯进行章节分类，也有的循原书结构撷取相应内容并作诠解，从而使全局与局部相映相辉，高屋建瓴与积沙成塔相互统一。

　　"新世纪文史哲经典读本"更是前述两套丛书的拓展与简约。其范围涵盖文学经典、历史经典与哲学经典，希望用最省净的篇幅，抉示中华文化的本质精神。

　　该套丛书问世以来，已在读者中享有良好的口碑。为了延伸其影响，本社于 2011 年特在其中选取十五种，请相关作者作了修订或增补,重新排版装帧,名之为"中国古代文史经典读本",以飨读者。出版之后,广受读者的好评,并于2015年被评为"首届向全国推荐中华优秀传统文化普及图书"。受此鼓舞,本社续从其中选取若干种予以改版推出,并得到国家有关部门的支持,多种获得2016年普及类古籍整理图书专项资助。希望改版后的这套书能继续为广大读者喜欢,为弘扬中华优秀传统文化作出贡献。

上海古籍出版社
2017年6月

目　录

299 /

七、漂泊荆湘(768—770)

导　言

江汉思归客，乾坤一腐儒。

——《江汉》

这是杜甫逝世前一年对自己的写照。独立在茫茫宇宙之间，诗人深深地悲哀自己的孤独和无力；但后人却从这孤独的形象中看到了他包容乾坤的博大胸怀以及回旋天地、与元气同在的精神力量："吾观少陵诗，谓与元气侔。力能排天斡九地，壮颜毅色不可求。"（王安石《杜甫画像》）如果要为王安石这几句诗作注解，不妨再举出传说是韩愈所作的《题杜子美坟》："何人开凿混沌壳，二气由来有清浊。孕其清者为圣贤，钟其浊者成愚朴。……有唐文物盛复全，名书史册俱才贤。中间诗笔谁清新，屈指都无四五人。独有工部称全美，当日诗人无拟伦。笔追清风洗俗耳，心夺造化回阳春。"在乾坤中挺特独立的诗人，因为秉受着天地的清气，所以能夺造化之大功，集人文之全美。"诗圣"之称的本义是否在此呢？

杜甫并不是俯视人间的"诗圣"。他长期沉沦于下层，有普通人的忠厚善良、耿直热诚，甚至还有点天真和迂腐。他的超凡入圣在于虽然饱受生人穷困，阅尽人间丧乱，却始终高扬着悲天悯人、关怀现世的精神，这才使盛唐的宏伟气魄和社会使命感通过他的心勃发为慷慨激昂的诗情，通过他的巨笔凝聚成光照千古的文章。盛唐文人生逢盛世，意气风发，几乎人人都有以天下为己任的远大抱负。但他们对理想的追求是与个人的功名富贵联系在一起的。杜甫却终其一生都把个人看得极其渺小，而将国家和人民的命运视为人生的终极关怀。孔子奉为国家祥瑞的凤凰，也就是杜甫自己的图腾："我能剖心血，饮啄慰孤愁。血以当醴泉，岂徒比清流？所重王者瑞，敢辞微命休？"（《凤凰台》）为了重现太平之治，他不惜生命，甘愿剖心沥血，作为供养国家祥瑞的醴泉。无论处于何种饥寒辛酸的困境，他所想到的总是比自己更加困苦的人们："安得广厦千万间，大庇天下寒士俱欢颜，风雨不动安如山！呜呼！何时眼前突兀见此屋，吾庐独破受冻死亦足！"（《茅屋为秋风所破歌》）为了天下人的安定幸福，他甘愿以一己之身承担起所有的苦难。这种宁苦己身以利国利民的伟大精神，正体现了历代中国人理想中的"古圣人之心"。"诗圣"的称号他是当之无愧的。

杜甫之诗自中晚唐开始被称为"诗史"。因为他真实地记录了安史之乱前后唐王朝由盛而衰的历史过程。其实杜甫的诗也是他自己一生遭逢战乱、流寓秦陇巴蜀湖湘的史传，只是他的喜怒哀乐无不与国事天下事相关，命运的机缘巧合又将他推到了历史的转折关头，处身于战乱的漩涡之中，才使他的个人经历都变成了反映兴亡治乱的"国史"。当然能否写出"诗史"，并不完全取决于个人的特殊遭际。与杜甫处于同样时代环境的诗人正不在少数，但他们大都在残酷的现实中沉寂下去了。唯独杜甫以盛唐人追求理想的顽强精神不倦地讴歌着平定动乱、中兴国家的愿望，描绘出这一苦难时代的历史画卷。他亲身体验的一切兵灾祸乱、政治风波都和他家庭的悲欢离合融合在一起，他对自己贫病潦倒的哀叹都与对国家盛衰的深刻思考结合在一起，这样饱含血泪的诗史只能出自怀有"古圣人之心"的诗人之手。

杜甫被尊为"诗圣"，还因为他在诗歌艺术上的集大成。所谓"尽得古今之体势，而兼人人所独专"（元稹《唐故检校工部员外郎杜君墓系铭并序》）。"子美穷高妙之格，极豪逸之气，包冲澹之趣，兼峻洁之姿，备藻丽之态，而诸家之作，所不及焉。……孔子之谓'集大成'。呜呼！子美其集诗之大成者欤？"（秦观《韩愈论》）杜甫将《诗经》、汉乐府、魏晋齐梁诗和初盛唐诗的表现艺术熔为一炉，同时又擅长各种诗体，风格变化多端，"集大成"三字确能概括杜诗博大精深、包罗万汇的艺术成就。

但杜甫的贡献又并不限于"集大成"。集成之说容易使人误解杜甫只是融会前人的成就，而杜甫在继往之外，更多的是开来。他的最大本领是善于把慷慨述怀、长篇议论和具体的叙事、细节的描绘、用典的技巧以及对巨大社会内容的高度概括,和谐地统一在完整的艺术结构中。开合排荡,穷极笔力,深厚雄浑,体大思精,便是他那些五言古诗、五言排律、七言歌行等以咏怀为主的长篇诗歌的共同特色。这类诗是盛唐之音中的洪钟巨响,也开创了在诗歌中大发议论的先例。恳切淋漓的议论不但抒写了诗人浩茫的心事和深广的忧愤,而且表现了诗人在政治上的远见卓识,为诗歌增加了磅礴的气势和排山倒海的力量。

与李白全力创作旧题乐府和六朝风味的歌吟相反,杜甫最重大的创新是继承《诗经》、汉乐府反映现实的优良传统,本着缘事而发的精神,即事名篇,开出新题乐府一体。这些诗既是从诗人自身经历的情境出发,又善于从生活中提炼出具有普遍意义的主题;既吸收了汉乐府叙事诗多用对话和片断情节客观反映社会现实的特点,又带有强烈的主观抒情色彩。通过高度概括的场面描写,以史诗般的大手笔展现出广阔的时代背景,将汉乐府叙事在时间和空间上的单一性变为多面性,充分调动歌行的跳跃性和容量大的长处,自由地抒写他对时事的感想和见解，更是他对汉乐府叙事方式的重大突破，并开创了中晚唐至宋代以新乐府写时事的优良传统。

说诗者历来以"沉郁顿挫"形容杜诗的主要特色。这四字原是杜甫的自评，"沉郁"指文思深沉蕴藉，"顿挫"指声调抑扬有致；而"沉郁"又另有沉闷忧郁之意，因而后人以此四字来形容他的风格，便包括了深沉含蓄、忧思郁结、格律严谨、抑扬顿挫等多重内涵。杜诗格律之精严，独步千古，其中以五排与七律最见功力。其五言排律凝重典雅，篇制之巨，数量之多，在盛唐以前罕见。七言律诗则尤有新创。盛唐七律尚未脱出歌行韵味，虽风神极美，流畅超逸，而体裁未密。到杜甫手中才工整精炼，一篇之中句句合律，一句之中字字合律，而又一意贯穿，一气呵成；特别是晚年居于夔州时期，大力创作七律组诗，在典故和故事上驰骋想象，以苍凉的笔调绘出浓丽之旧梦，句法的提炼和声情的传达妙合无垠，将七律的表现力发挥到了极致。

盛唐诗的风格大体不出清新与豪放两大类，而杜诗则除了沉郁顿挫以外，还有多种风格，或清新、或奔放、或恬淡、或华赡、或古朴、或质拙，并不总是一副面孔，一种格调。在大量抒写日常生活情趣的小诗中，他注重构思、语言等技巧的变化，为后人开出不少表现艺术的法门。他擅长移情于景、深细描写新奇的意趣，使常见之景充满活泼的生命；他的景物描写往往超出可视可听的界限，捕捉潜意识和直觉印象，表现出更深一层的内心感觉；经他提炼过的诗歌语言能微妙地传达出字面意义所不能涵盖的声情语感，无论是融化经史典故还是使用口语俗语，都是通过充分地发掘语言潜在的表现力，以显现出不同的格调。所以他不避尖新生僻，不避拗拙深险，这就冲破了盛唐以闲雅、冲淡为上的审美趣味，大大拓宽了诗歌的题材和境界，开出了中晚唐乃至宋诗各种艺术流派的蹊径。

　　站在盛唐诗歌巅峰之上的杜甫，为中国的人文精神树立了忧国忧民的百世楷模，为中国的诗歌艺术树立了沉雄博大的最高标准。

　　下面，让我们跟着杜甫的足迹，来追踪这位伟大诗人一生的心路历程。

一、少壮漫游(731—745)

　　杜甫(712—770)，字子美。祖籍京兆杜陵(今陕西西安东南)，后徙居襄阳，因曾祖官终巩县令，遂世居巩县(今属河南)。唐玄宗登基的先天元年，杜甫出生于巩县城东二里的瑶湾。因此他可以说是大唐开元盛世的同龄人。

　　杜甫的十三世祖杜预是西晋的名将，曾在平定吴国的统一战争中立过大功，后在当阳(今湖北荆门)封侯，为开发江湘一带作过贡献。他又是一位博学多才的经学家，著有《春秋左氏经传集解》。除了武功、政事和学术以外，他还懂得天文算学和工程。这位祖先成为杜甫心目中一位具体的立功立德的典范。杜甫每每自称

"杜陵布衣",后来一度居家杜陵附近的少陵,又自称"少陵野老",都应有缅怀祖德之意。

如果说"奉儒守官,未坠素业"的家族传统激发了杜甫建功立业的雄心壮志,那么祖父杜审言的诗名给杜甫带来的是"吾家事"的自豪感。杜审言少年时与李峤、崔融、苏味道并称为"文章四友",这三人都是善写骈俪文章的大手笔。杜审言在武后、中宗时期被起用,官职一般,而诗才甚高,尤其擅长五律和排律。杜甫以律诗为看家本事,显然受到了乃祖的影响。

"七龄思即壮,开口咏凤凰。"(《壮游》)杜甫最早的创作便是吟咏象征天下太平的凤凰。这似乎是一种宿谶,诗人注定了要为凤凰付出他一生的心血。从此以后凤凰便成为他的政治理想和精神境界的化身,以至他自己的图腾。诗人的命运和国家的命运正是在这凤凰身上合为一体的。

从杜甫出生到他二十四岁的这段时期,凤凰确实出现在人们的眼前了:经济繁荣,国力强盛,政治清明,多少代人幻想的尧舜之世仿佛变成了现实:"人人自以遭唐虞"，"家家自以为稷卨"（杜甫《有事于南郊赋》）。生活在开元盛世的杜甫是幸运的。他从一代文化艺术的高度成就中吸取了丰富的营养，从同时代人的远大抱负和活跃思想中获得了进取的信心："读书破万卷，下笔如有神"（《奉赠韦左丞丈二十二韵》），"脱略小时辈，结交皆老苍。饮酣视八极，俗物多茫茫"（《壮游》）。在那个神童辈出的时代，十四五岁的杜甫结交老一辈的名流，初露头角便目空一切，不正是在盛唐文人中常见的狂态吗？

从十九岁起，杜甫开始了他少壮时代的漫游生活。盛唐漫游之风的兴盛首先取决于社会秩序的安定、水陆交通的便利以及公私仓廪的丰实；其次在于当时科举仕进都离不开交游干谒，而一旦失意，云游山水又是排遣苦闷、求得精神解脱的最佳方式。杜甫早年的吴越之游主要是开阔眼界，增长阅历。在游览了江宁、姑苏、越中等地的名胜古迹之后，于二十四岁时回到洛阳，考进士下第。但年少气盛的诗人并不在意，第二年又到齐赵漫游去了，《望岳》就是他在这一时期留下的第一首名作。

三十岁时杜甫回到东都。天宝三载（744），正负盛名的大诗人李白来到洛阳,这两位大诗人的相会成为中国文学史上的佳话。他们和盛唐的另一位大诗人高适一起,在梁(今河南开封)、宋(今河南商丘)一带登临怀古,把酒论文,过了一段裘马清狂的快意的日子。这时李白已被玄宗赐金放还归山,如大鹏折翅、天马坠地,正处于极其痛苦的精神震荡之中;而杜甫却还满怀希望等待着进入长安的机会。阅历和见识的巨大差距使当时的杜甫还不能深刻地理解李白。他不知道开元年间的清明政治已经结束,今后走向朝廷的道路将远比李白艰难曲折,他只想以自己的方式争取一飞冲天的机会。因此这一时期所作的《房兵曹胡马》、《画鹰》都充满了横行万里的凌厉气势,显示了诗人对前途的充分自信。而一些山庄游宴和寻访隐士的诗篇,所抒写的也还是盛唐人普遍具有的遗世高蹈之志。这种山林之思,与其说是杜甫的真实愿望,还不如说是盛唐的一种时尚。杜甫早年留下的诗作不多,都是五古和五律,却已初步显露出他气骨峥嵘的独特面目,预示了他日后在艺术上变革盛唐诗歌的趋向。

望　岳

岱宗夫如何①？齐鲁青未了②。

造化钟神秀，阴阳割昏晓。

荡胸生层云，决眦入归鸟。

会当凌绝顶，一览众山小③。

① 岱宗：《尚书》称泰山为岱宗。"岱"是代谢之意，古人认为
　泰山处于东方，是万物生长、春天开始的地方。"宗"意为
　"长"，泰山为五岳之首，故称岱宗。

② 齐鲁：《史记·货殖传》："泰山之阳则鲁，其阴则齐。"

③ "一览"句：《孟子·尽心上》："孔子登东山而小鲁，登泰山
　而小天下。"

这首诗大约写于公元 736—740 年间，杜甫漫游齐
赵之时。虽然此前考进士落榜，诗里却依然豪情万丈，
表现了希望登上事业顶峰的雄心壮志以及对前程万里
的乐观和自信。

　　泰山是传说自尧舜以来就受到历代帝王祭祀的名山。杜甫之前咏泰山的名作寥寥无几。晋宋诗人谢灵运的《泰山吟》本是乐府题，但全诗用大量双声叠韵词着力形容泰山的高峻奇险，强调封禅的肃穆神圣，风格典重生奥，完全失去了乐府的原味。或许正是因为泰山的宗庙色彩过于浓厚，诗人题咏便不得不考虑它的神圣意义，所以连善写山水诗的大谢一旦涉笔，也只能写成板滞的颂体。李白的《游泰山》六首，以游仙诗的形式抒写了他在泰山顶上与仙人同游、精神飞扬于天地之间的自由与快乐，倒也符合泰山在汉代被视为"神仙道"的形象。杜甫这首诗则选择了一个"望"的角度，将泰山壮美的自然景观和象征崇高的人文意义融为一个整体印象。开头以散文句式自问自答。发端直称"岱宗"，本身已包含了帝王封禅之地的意蕴，接着说从齐到鲁都望不尽它的青青山色，又以景色描写烘托出它的高大。同样，下面两句说大自然把神奇和灵秀都集中于泰山，山南山北的明暗由高高的山峰分割，既是赞美泰山景色的壮丽和雄奇，也隐含着"岱宗"一词的本义：万物代谢、昏晓变化正是阴阳造化之功，既然集中于泰山，那么此山当然不愧为五岳之首了。这就超越视野的局限，化用泰山传统的人文含义概括了泰山的主要特征：一个象征造化伟力和代谢变化的自然奇观。

后半首写诗人遥望山中云层起伏，心胸豁然开朗；目送飞鸟归山，眼眶几乎为之睁裂。以"荡胸"二字置于"生层云"之前，似乎层层云气是从诗人的胸中升腾，充分表现出诗人仰望泰山时精神的激荡，以及将大自然的浩气都纳入胸怀的豪情。有此力度，下句说目送归鸟以至要"决眦"的夸张，才更显出"望"的专注急切和目光的清澈深远。那归鸟所向之处，就是诗人相信自己终有一天会登上的极顶。于是结句用孔子"登泰山而小天下"的典故，就极其现成，极其巧妙。既自述怀抱，又回到了泰山丰富的人文内涵中。正因为泰山的崇高伟大不仅是自然的也是人文的，所以登上绝顶的想望本身，当然也具备了双重的含义。全诗寄托虽然深远，但通篇只见登览名山之兴会，丝毫不见刻意比兴之痕迹。若论气骨峥嵘，体势雄浑，更为后出之作难以企及。

房兵曹胡马

胡马大宛名[①]，锋棱瘦骨成。

竹批双耳峻[②]，风入四蹄轻[③]。

所向无空阔，真堪托死生。

骁腾有如此，万里可横行[④]。

① "胡马"句：汉代西域有大宛国，大约相当于今乌兹别克斯
坦共和国的一部分。其国以出产千里马著称。

② "竹批"句：《玉海》卷一四九"马政"有"唐骨利干十骥"
条："耳根纤锐，杉竹难方。"指双耳锐如削竹。又一说，据
李黼平《读杜韩笔记》卷上，郑玄注《周官》"廋人职"中"散
马耳"云："以竹括押其耳。头动摇则括中物，后遂串习，不
复惊。"诗盖用此注，批，犹括也。言经竹括押，驯习不
惊也。

③ "风入"句：《拾遗记》："曹洪乘白马，耳中生风，足不
践地。"

④ "万里"句：古代传说，周穆王驾八马之乘，一日行万里。

这是一首咏物诗，大约作于开元二十八、九年间(740—741)，杜甫近三十岁时。兵曹是军事部门的下层官吏。诗人赞美房兵曹的胡马，实际上寄托了自己希望横行万里的雄心和豪气。

前半首写大宛马，重在烘托千里马骨相清峻的特征：它瘦骨棱棱，好像刀锋；耳根尖尖，犹如刀削。本来以竹括马耳是训练骏马的方法之一，但诗人把这一特征强化到更加显眼的位置，与瘦骨如刀棱的特点综合起来，就突出了马的精锐之感。如此骏骨，自然四蹄轻快，犹如被风托起，随时可以腾飞。

后半首以赞叹的口吻写千里马的品质和气势：它奔向空阔广漠的地方，一往无前，不畏险阻，主人可以托付生命。如此快捷矫健，自可日行万里，横绝天下！短短一首五律，将胡马写得形神兼备，跃然纸上。

咏物诗以有寄托为上，否则纵然肖形写貌酷似物象，终欠骨力。而咏物之妙却在寄托自然现成，无须附会。此诗便只是咏马，但从马的骁腾矫捷、堪托死生，无不可以看出诗人自己气骨峥嵘的独特面目；而胡马可以横行万里的气势,也正反映出诗人当时目空一切的锐气。全诗凌厉的气势和胡马锋棱般的骏骨相得益彰,可见出杜甫早年咏物诗的功力。

夜宴左氏庄

林风纤月落,衣露静琴张。

暗水流花径,春星带草堂①。

检书烧烛短,看剑引杯长。

诗罢闻吴咏,扁舟意不忘②。

① "春星"句:梁简文帝《神山寺碑》:"照影春星。"

② "扁舟"句:春秋时越国大夫范蠡帮助越王勾践复国后,乘扁舟,游五湖,功成身退。

写庄园静夜景色,是盛唐诗中较多见的题材。早期杜诗中虽仅此一篇,其风韵绝不减于王(维)、孟(浩然)。

微风起于林间，纤纤初月已落。露水渐浓，才能沾湿人衣；夜静无声，始觉琴音清亮。水流花径，水声依稀可闻，妙在"暗"字；星光遥映，草堂犹如剪影，妙在"带"字。前半首写月落夜深的幽静，均通过纤微的景物动态和暗淡的视觉效果来表现，而雅静的琴声，夜空的星光，虽然成为静夜中的亮点，反过来又更衬托出春夜的静谧和温馨。前人谓"春星带草堂"古今传为佳句，只一"带"字，便点出空中景象。诚为卓见。"带"字之妙在虚而不实，只可意会不可言传。解为"拖带""映带"固然不错，但总觉得难以传达人们读到这一诗句时，眼前立刻浮现的画面印象，以及直觉中的草堂和春星之间的照应关系。那么这一"带"字的好处就在它无法用散文直译了。而只有散文所无法直译的诗歌语言才是纯诗，可见杜甫早年炼字之工绝。

后半首写夜宴之事。检书和看剑两事对仗，本是写宴席间检书以考证、看剑而吟哦的情景，但也令人想见诗人书剑飘零的意气。文能治国、武能安邦，是盛唐理想的人才模式，也是当时士人主要的两条进身之路。

"烧烛短",谓蜡烛渐短,是惜光阴流逝太快;"引杯长",写举杯痛饮,是形容胆气之壮。这两句实际上道出了人生苦短当及时建功的心事。结尾说座客中有人以吴音咏诗,勾起作者对吴越之游的回忆,并不仅仅是写他不忘驾扁舟游吴越的往事,更是求取功名而终不忘归隐江湖之意。功成身退,原是盛唐人普遍的立身原则:"当须报恩已,终而谢尘缁"(张九龄《使还都湘东作》),"济人然后拂衣去"(王维《不遇咏》),"功成拂衣去,摇曳沧洲旁"(李白《玉真公主别馆苦雨》)。杜甫早年也曾流露过"不愿论簪笏"的"悠悠沧海情"(《同李十二白同寻范十隐居》)。因此后半首虽承前半首而来,写宴会上鼓琴看剑、检书赋诗之乐,其实又巧妙地概括了杜甫此时对一生出处进退的思考。以不忘扁舟作结,又和前半首草堂、花径、林月的田园意象正相协调。短短一首五律,铺叙许多景物和人事,而意境浑成,不觉堆叠。恐怕主要得力于取象一致,都能笼罩在夜宴宁静幽雅的氛围中。

二、旅食京华(746—755)

天宝五载(746),杜甫从东都赴长安,参加李林甫主持的在全国公开招贤的考试,结果与同来赶考的元结以及所有的举人一起落第,无一得中。李林甫还以"野无遗贤"为由上表祝贺玄宗。如果说李林甫的忌贤使杜甫初次遭到的重大打击,还只是他的个人命运与国家衰败的命运相连结的开始;那么第二年李邕、裴敦复等名贤被李林甫陷害致死的重大政治事件,就已经是昭示天宝政治腐朽黑暗的一个重要标志。李白的《答王十二寒夜独酌有怀》,正是对这时斗鸡者邀宠、黩武者受赏、贤俊埋没、奸臣当道、英才功臣被害、黑白是非颠倒的社会现象的一个总结。此后杨国忠擅权、安禄山得志、杨贵妃专宠，朝廷政治一败涂地，终于爆发安史之乱。杜甫在京华旅食的十年里，过着"朝扣富儿门，暮随肥马尘，残杯与冷炙，到处潜悲辛"（《奉赠韦左丞丈二十二韵》）的日子，为生计而奔走权门，为前程而干谒显贵，然而一事无成，只有直接上书皇帝。天宝十载，玄宗将行三大礼祭，杜甫献《三大礼赋》，"帝奇之，使待制集贤院，命宰相试文章"（《新唐书·杜甫传》）。制礼作乐曾经是开元政治清明的象征，然而在排斥礼乐文章的李林甫的主持下，杜甫再次被黜落。他的悲剧反映了接受开元礼乐文明教育的一代士人在天宝政治环境中必然走投无路的共同命运。

十年奔走于豪门的生涯，使杜甫熟知上层社会骄奢淫逸的现状和黑暗政治的内幕；沦落下层饱经忧患，又使他对社会弊端和民间疾苦体察尤深。天宝时期诗人对现实的揭露和抨击最为有力的是李白和杜甫。只是李白更多地着眼于谗佞蒙蔽君王、内宠外戚乱政、宦竖小人得势等上层政治的问题，而杜甫则更多地着眼于普通百姓在乱政统治下遭受的苦难以及由此引发的社会危机。以天宝时期最严重的穷兵黩武而言,盛唐文人也有对朝廷开边提出过批评的,但一般限于将士的赏罚不均和用兵的劳民伤财:"死是征人死,功是将军功。"(刘湾《出塞曲》)"无为费中国,更欲邀奇功。"(王维《送陆员外》)而杜甫的《兵车行》则指出了穷兵黩武所引起的田园荒芜、赋税繁重、民不聊生等一系列严重的社会危机。《前出塞九首》以征夫的口吻批评君王的开边政策,揭露军中将士的苦乐不均,同情士卒的悲惨境遇,忧虑中原即将大乱,诗人对战争性质和民族关系的正确见解使这组诗的思想深度超过了盛唐所有的边塞诗。如果说李白多用含蓄的比喻影射最高统治者的昏淫腐朽,那么杜甫的《丽人行》则是直截了当地讽刺杨氏兄妹骄纵荒淫的丑态。在慈恩寺塔上,当高适、岑参等诗人还在"盛时惭阮步"时,杜甫已经"登兹翻百忧",产生了山河破碎的预感。

天宝十四载,杜甫好不容易得了一个"右卫率府兵曹参军"的小官。在赴奉先探家的路上,经过骊山,与华清宫里寻欢作乐的玄宗贵妃仅一墙之隔。十年来困守长安的忧愤被眼前情景触发,到家后便写下了《自京赴奉先县咏怀五百字》。诗里热切地表白了救世济民的执着意愿,触目惊心地展现了贫富之间的尖锐对立,预示了一触即发的政治危机,倾泻出诗人无比深广的忧愤。这首诗标志着杜甫在安史之乱前夕所达到的思想高度,也是他对社会现实的认识的全面总结。

这一时期杜甫的诗歌创作已经形成自己沉郁顿挫的特色。首先是在天宝后期流行七言长句的风气影响下,他转为大量写作七言歌行,并用于新题乐府,夭矫跌宕,雄放沉厚。与李白一样,七言歌行成为最能显露其横逸浩瀚之才的体裁。其次是干谒使他在五言古诗和五言排律这两种体裁上多所磨砺。这类干谒诗只有《奉赠韦左丞丈二十二韵》直陈怀抱,词气磊落,感愤悲壮,其余都不免应酬虚美,典雅凝重。但这类诗立意章法因人而异,辞藻丰富,顿挫转折,曲尽其意,奠定了杜诗以才力见长的功底。此外,他在交游干谒、登临游览的日常赠答诗里又表现出好用口语俗语、平易率意的特色以及讲究构思和炼意的用心,这些都是他日后在诗歌艺术方面多种创变的开端。

饮中八仙歌

知章骑马似乘船①，眼花落井水底眠。汝
阳三斗始朝天②，道逢麹车口流涎，恨不移封向
酒泉③。左相日兴费万钱④，饮如长鲸吸百川，
衔杯乐圣称避贤⑤。宗之潇洒美少年⑥，举觞
白眼望青天，皎如玉树临风前。苏晋长斋绣佛
前⑦，醉中往往爱逃禅。李白一斗诗百篇，长安
市上酒家眠。天子呼来不上船，自称臣是酒中
仙。张旭三杯草圣传⑧，脱帽露顶王公前，挥毫
落纸如云烟。焦遂五斗方卓然⑨，高谈雄辩惊
四筵。

① 知章：贺知章，浙江永兴人，自号四明狂客。又称秘书外
监。醉后落笔，文不加点。天宝三载上疏请度为道士

还乡。

② 汝阳：汝阳王李琎，是玄宗大哥李宪的长子，封汝阳郡王，与贺知章等是诗酒之交。

③ 酒泉：即今甘肃酒泉。因传说城下有金泉，泉味如酒，故地名酒泉。

④ 左相：李适之。天宝元年(742)任左丞相，天宝五载罢相。七月贬宜春太守，被逼服毒自尽。

⑤ "衔杯"句：李适之罢相后赋诗一首："避贤初罢相，乐圣且衔杯。为问门前客，今朝几个来。"

⑥ 宗之：崔宗之，袭封齐国公，官侍御史。后贬官金陵，与李白诗酒唱和。

⑦ 苏晋：历任中书舍人、户部侍郎、吏部侍郎等职。

⑧ 张旭：吴郡人，盛唐著名书法家，擅长狂草，被时人称为"草圣"。

⑨ 焦遂：事迹不详，据袁郊《甘泽谣》，为一介布衣。

　　这首诗的写作时间不难推测。从诗里引用李适之罢相后所赋诗句来看，应作于天宝五载四月适之罢相后，七月贬宜春前。虽然诗里的人物并非都是同游之人，苏晋就早在开元二十二年去世，此诗所写是回忆。但李适之被迫害致死，十分悲惨，如写于他死后，诗里决不会有如此豪兴。

"饮中八仙"之称，当时就流传于世，据范传正《李公新墓碑序》说："时人又以公及贺监、汝阳王、崔宗之、裴周南等八人为酒中八仙。朝列赋谪仙歌百余首。"可见以李白为中心的这些人物曾一度成为风行的赋咏题材。杜甫此诗的八仙中仅四人与范氏序文所说相合。是否如王琦《李太白年谱》所猜想的：因为"如今时文酒之会，行之日久，一人或亡，则以一人补之，以至姓名流传，参差不一"呢？也很难说，因为其间仅贺知章、汝阳王、崔宗之、李白四人确乎交往密切。其余四人在长安活动的时间或相距甚远，或不可考，没有结成文酒之会的根据。较大的可能是杜甫以当时流传的八仙中最重要的四人为主，又择开元以来著名的几位风格相近的酒徒集而成诗。八仙的身份地位差异很大，有王公宗室，有宰相侍郎，也有布衣山人。共同的特点是都醉得有仙气，都表现了酒醉之后不受任何世俗观念和清规戒律束缚的精神状态。

八仙虽然都是醉酒，但醉态各不相同，杜甫善于抓住他们各自最突出的特点，三言两语就将人物勾勒得栩栩如生。贺知章是吴越人，习惯乘船，所以把他醉后骑马摇摇晃晃的样子比作乘船，眼花落井都能在水底照睡不误，可见醉中自得，可以达到水陆不分、醒醉两忘的程度。

汝阳王喝了三斗酒才去上朝，路上见了酿酒的车还馋得流口水，恨不能将自己的封地移到酒泉。这几句只是极言其上朝之前贪酒的馋相，但也足见汝阳王为酒竟然可以不顾朝廷礼仪和规矩。汝阳之父因是玄宗长兄，终身谨小慎微，死后谥"让皇帝"。玄宗对于他这个本来应该当皇帝的大哥顾忌很深。究竟是其子真的敢于如此狂诞呢？还是杜甫的夸张呢？

而左相的特点则是他爱好招待宾朋，所以不惜日费万钱。"衔杯"句化用李适之罢相后作的小诗。"避贤"即让位下台。古人称清酒为中圣人，所以把喝酒说成"乐圣"。李适之的诗本意是刺世态炎凉。杜甫把他的豪饮与这首小诗联系起来，其用意显然是称赞他在醉中可以无视宦海浮沉、人情冷暖。

崔宗之以潇洒年少为特征，这里着重刻画的是他把酒望天的傲岸神情，以及如玉树临风的摇曳姿态。史载阮籍能为青白眼，见礼俗之士，以白眼对之。可见杜甫取此特点，不仅为了描写宗之的形神，更藉其风姿表现了醉仙的高洁脱俗。

苏晋本是吃长斋的虔诚的佛教徒，可是醉中往往逃禅，可见酒能使他摆脱佛门清规戒律的约束。

李白斗酒诗百篇，传为人间佳话，而杜甫偏偏写他喝醉以后熟眠酒家，不应天子之诏。《新唐书》载，玄宗坐沉香亭，欲得李白乐章，时李白正与酒徒醉于市。召入，左右以水喷面，酒稍解，援笔成文，婉丽精切。帝爱其才，数次宴见。又范传正《李公新墓碑序》说：玄宗泛舟白莲池，召李白作序，时李白醉酒翰林院中，命高将军扶以登舟。杜甫将这两件事合在一起。天子呼来不上船，本来是天子召之因醉而上不了船，但字面意思却是天子呼之而不肯上船，这就把李白写成了不受君命的酒中仙。

《旧唐书·张旭传》说张旭善草书，好酒，每醉后，号呼狂走，索笔挥洒，变化无穷，若有神助。杜甫对他的描写似乎只是写实，但从"脱帽露顶王公前"一句就可看出，杜甫着意要强调的是他在王公贵族面前不拘礼仪的放达。

焦遂是一介布衣，却能在醉后高谈雄辩，语惊四座。关于他的记载，仅见于袁郊《甘泽谣》，说他与陶岘等共游山水，那么此人一定也是一个放浪形骸之辈。

总而观之，杜甫写饮中八仙，强调的是他们将醉醒行迹、王公至尊、仕途富贵、世俗人情乃至佛门戒律等统统置之度外的高迈绝尘之气。这种狂放、旷达和自由正是杜甫心目中理想的开元时代的精神。但联系他写作的背景来看，这种精神状态到天宝中已经逐渐失去了它的时代条件。杜甫对此即使还没有深刻的体会，也不会毫无感受，那么他写这首诗就不仅仅是一时兴起，或许还蕴含着他对行将消逝的开元精神的深深怀恋。

歌行写人物，盛唐时较少见，仅李颀擅长，但也没有这种集合八个人物,一人一节的写法,所以王嗣奭《杜臆》说:"此系创格,前古无所因,后人不能学。"从章法来看,八个人中除李白用四句歌咏以外,汝阳王、左相、宗之、张旭四人分别用三句,贺知章、苏晋、焦遂三人分别用两句,而各置于篇头、篇中、篇尾。所以八人并非八章的拼合,而是错落有致,条理井然。贯穿其中的主线则是深蕴在这些人物狂态中的共同的精神内涵。

送孔巢父谢病归游江东兼呈李白[①]

巢父掉头不肯住[②],东将入海随烟雾。诗卷长留天地间[③],钓竿欲拂珊瑚树[④]。深山大泽龙蛇远[⑤],春寒野阴风景暮。蓬莱织女回云车[⑥],指点虚无是征路。自是君身有仙骨,世人那得知其故。惜君只欲苦死留,富贵何如草头露。蔡侯静者意有余[⑦],清夜置酒临前除。罢琴惆怅月照席,几岁寄我空中书?南寻禹穴见李白⑧,道甫问讯今何如。

① 孔巢父:《旧唐书·孔巢父传》:"孔巢父,冀州人,字弱翁。……早勤文史,少时与韩准、裴政、李白、张叔明、陶沔隐于徂来山,时号竹溪六逸。"

② 掉头:《庄子·在宥》:"鸿蒙拊脾雀跃掉头曰:'吾弗知!吾弗知!'"

③ "诗卷"句:孔巢父有《徂徕集》行于世。

④ "钓竿"句:古代传说珊瑚树生于海底石上。

⑤ "深山"句:《左传·襄公二十一年》:"深山大泽,实生龙蛇。"

⑥ 蓬莱:古代传说东海有蓬莱、方丈、瀛洲三座仙山。织女:星名。古代中华九州诸国的划分和天上星座的方位是对应的,叫做分野。织女星的分野是吴越,即孔巢父去的江东一带。

⑦ 蔡侯:对蔡姓者的尊称。指下句诗里的"置酒"者。其人事迹不详。

⑧ 禹穴:在浙江绍兴的委宛山。传说大禹在这里得天书。

这首诗是杜甫在天宝中所作。时蔡侯为孔巢父饯行，杜甫在席间赋此诗送别。又因当时李白正在浙江会稽，巢父本与李白同在徂徕隐居过。李白与杜甫在山东分别不久就到吴越求仙访道去了，巢父既随他同在江东归隐，所以杜甫托他向李白问候。

孔巢父之名与传说中帝尧时的隐士巢父之名恰好相同，所以开篇直呼巢父之名，便点出孔巢父将要和巢父一样离世隐居之意，语带双关。"掉头"一词虽见于《庄子》，亦有取其出世之意，但理解为"掉头而去"的一般口语，与"不肯住"的大白话连用，更能见出巢父鄙夷世俗的决绝神气。以下述巢父将去之地均用海上神仙之事，一是照应江东地近东海，二是说明巢父求仙延年的目的。字里行间，亦不无惆怅：今后唯有诗卷长留在天地之间，传其名迹，而人却消失在海雾之中，在珊瑚树间钓鱼了。前四句，一三句写离绝人间之意，二四句写东入大海之志，分两层起落递进，是开头的第一次跌宕。

后面八句又分两层，四句一层，进一步拓开首四句的两层意思。一层写巢父此去一路风景："深山大泽龙蛇远"虽是用《左传》现成语句,但感受和境界大不相同。《左传》只不过说深山大泽中龙蛇潜伏之意,而杜甫却以一"远"字将巢父一路行迹推向广大深远的境界:深山—大泽—龙蛇远,是远而又远。同样,春寒—野阴—风景暮,是阴而又阴。这样节节推进的构句,使两句连成一片,展示了更加开阔辽远的山野风景。阴寒再加暮色,虽然不是明朗的意象,却因境界的阔大而无限开朗,这正是盛唐特有的气象。乘着云车的织女为巢父指点虚无缥缈的去路,则是从辽阔的陆地引向更加广漠的虚空。这几句空间跨度很大,但始终扣住吴越的地理特点:大泽、春野均为南方之景,蓬莱是东海仙山,织女又是吴越分野。这一层是从"征路"的角度重复"东将入海"的意思。

　　下一层写世人对巢父的惋惜:世人只因爱惜其才而苦死挽留,哪里知道巢父把富贵视为草头露。草头露转瞬即干,而巢父求的是人生的永恒,自然不能为俗人所理解。这四句一、四句写巢父鄙弃世俗,二、三句写世人不知巢父,与上一层的句句递进又不同。而这两层诗意的对比，又正是首四句两层句意的发挥，因而形成第二次更大的跌宕。杜甫歌行的开合变化正得力于此。

结尾回到眼前的人间景象：主人恬静而意气有余，清夜置酒于庭前阶除，琴声已停，月照离席。惆怅的诗人只有盼望友人去后从神仙界中寄来书信。最后两句以散文句式作结，犹如一个告别的长揖，又宕开远意：嘱咐巢父到禹穴后向李白问好，这是点题目中"兼呈李白"四字，但也决不是问候的套语。联想到李白在山东曾与杜甫"相期拾瑶草"，以及前面对孔巢父入海途中风景的想象，不也正是对李白近况的拟想吗？

或许是因为杜甫入长安未久，豪放的心情尚未消失，或许是因为赠给孔巢父和李白这样狂放的诗人，这首诗也写得狂放飘逸，神气之极，颇似李白的风格。但声情的酣畅沉厚终究是杜甫自己的特色。

同诸公登慈恩寺塔[①]

高标跨苍穹[②]，烈风无时休。自非旷士怀，登兹翻百忧。方知象教力③，足可追冥搜④。
仰穿龙蛇窟，始出支撑幽。七星在北户，河汉
声西流。羲和鞭白日⑤，少昊行清秋⑥。秦山
忽破碎，泾渭不可求。俯视但一气，焉能辨皇
州。回首叫虞舜，苍梧云正愁⑦。惜哉瑶池
饮⑧，日晏昆仑丘。黄鹄去不息，哀鸣何所投。
君看随阳雁，各有稻粱谋。

① 慈恩寺：建于唐太宗贞观二十一年（647）。在今西安市
　内。高宗永徽三年（652），玄奘在寺中建塔。又名大雁塔。

② 高标：竖木作为标记，木之上端称为标。这里指高塔。

③ 象教：即佛教。因佛教以佛像教化世人，故名。

④ 冥搜：暗中寻求搜索。指思想。

⑤ 羲和：古代神话中为太阳驾车的神，驾御六龙拉的日车。

⑥ 少昊：黄帝之子，主秋之神。《礼记·月令》："孟秋之月，
　其帝少昊。"

⑦ 虞舜：传说中的上古贤君，此处喻唐太宗。苍梧：山名，即
　九嶷山，在湖南宁远东南，相传舜南巡，葬在苍梧之野。

⑧ 瑶池:西王母的住处。传说周穆王升昆仑之丘,与西王母饮于瑶池之上。

此诗作于天宝十一载(752)。诗前有原注:"时高适、薛据先有作。"这年秋天,杜甫和诗人高适、岑参、薛据、储光羲同时登上长安东南的慈恩寺塔。除薛据以外,诸公所赋之诗均存,而深度和新意均不如杜甫此诗。

此诗全在大雁塔的"高"处立意:开篇一二句说塔如高标,跨越苍穹,高空烈风,无时休止,是全篇形容塔景的总领。接着感叹佛教之力足可搜索幽冥,既是夸张佛塔建筑犹如鬼斧神工,又自然引出从幽暗的塔底登上塔顶的过程:要经过曲折的磴道,攀上龙蛇窟一般的洞穴,才能钻出梁椽栏杆交互支撑的塔内建构。登攀之不易,更显此塔之高。而登上塔顶之后,简直像置身于天际:从塔的北窗不但可见北斗七星,甚至能听见银河带着水声向西流动。可看见羲和驾着日车鞭打着太阳行走,少昊帝迎来了清秋的季节。这就写足了"高标跨苍穹"的意思。

开篇的第三、四句说自己缺乏旷达之士的怀抱,登上此塔心头涌起百种忧愁,是全诗所抒怀抱的总领。但所忧的是什么,并未明言,而是全从"望"的意思落笔:秦山忽然像是破碎了,泾水和渭水也找不见了。俯瞰只有混沌一片,哪里还能分辨得出皇州的所在!这就通过夸大居高临下、不辨山川的视觉印象寄托了山河破碎的预感。

俯视秦川之后,又极目远眺:既然登塔犹如登天,那么自然可以望见虞舜所在的苍梧,也可以望见西王母所在的瑶池。回头呼叫虞舜,只见舜所葬身的苍梧一片愁云。又见周穆王在瑶池饮酒,直到日落昆仑山。这两个故事与羲和鞭日和少昊迎秋一样都取自上古神话,且与大地混茫一片的背景相协调。然而并不能像李白的诗那样将人带进神话世界,关键在诗人"自非旷士",因此所用典故自然让人联想到葬在昭陵里的太宗:诗人呼叫虞舜,不正是呼叫那个已经消逝的清明时代吗?那个迷恋于西王母酒宴的周穆王,不也令人联想到沉迷于酒色的唐玄宗吗?

诗人的"百忧"最后归结到对包括自己在内的士人们的人生道路选择：黄鹄飞个不停，哀叫着投奔何处？黄鹄历来被喻为一飞千里的贤士。《韩诗外传》："夫黄鹄一举千里，止君园池，啄君稻粱，君犹贵之，以其从来远也。故臣将去君，黄鹄举矣。"无处可投的黄鹄正是失去归宿的志士的象征。而与此形成对比的是那些追随太阳的雁儿，却各自怀着谋取稻粱的打算，显然是比喻趋炎附势的小人只知为自己的衣食经营。结尾以天上飞翔的两种鸟儿的不同去向寄托了在时势将乱之时有识之士的清醒思考，既寓议论于比兴之中，又始终不离高处远望的景观。所以钱谦益评此末幅"另开眼界，独辟思议，力量百倍于人"，全诗"格法严整，气象峥嵘，音节悲壮，而俯仰高深之景，盱衡今古之识，感慨身世之怀，莫不曲尽篇中，真足压倒群贤，雄视千古矣！"

此诗在表现艺术上的新创，颇可注意：一是按生活经验想象银河流动时真有水声，启李贺"银浦流云学水声"之妙思。二是在景物描写中隐含朦胧的寓意，杜甫后期作品中常用，最终成为杜诗艺术的一大特色。

前出塞九首(选一)

挽弓当挽强,用箭当用长。

射人先射马,擒贼先擒王。

杀人亦有限,列国自有疆。

苟能制侵凌,岂在多杀伤?

　　这组诗用乐府旧题,共九首,各章意思前后相承,以一个征夫的口吻,自述其出征后十余年的战斗生活。评论家一般认为是写哥舒翰征吐蕃一事。但从涉及的范围来看,几乎涵盖了盛唐边塞诗的全部内容。所选系第六首,纯为议论,表达了杜甫对于战争目的和民族关系等根本问题的正确见解,见识远高于当时所有的边塞诗。

　　杜甫较少写乐府旧题,但是从这首诗的开头四句可以看出,他是深知乐府民歌的创作神理的:拉弓要拉强弓,用箭要用长箭。射人先射他骑的马,捉贼先捉他们的王。四句都是谣谚式的比兴。挽弓、用箭、射马都是用战争中的最典型动作强调：要取胜应该用最有效的方法，然后引出"擒贼先擒王"这一具有高度概括力的警句。擒王则贼众自然投降，这是解决战争最彻底的办法。仅此四句，也可当一首北朝乐府风味十足的民歌来看。

但杜甫的高明更在于从"擒贼先擒王"再加引申：擒王则可避免滥杀无辜。那么这就是正义战争的主要目的：尽可能减少杀人，尊重各国疆界。只要能制止侵略，哪里在于大量杀伤？人类的战争虽然不可避免，但只有掌握这一根本的原则，才是仁者无敌之师。因此杜甫这首诗的意义不仅在于反对当时的穷兵黩武，也适用于古往今来不同民族不同国家的一切战争。能够立此警策，方称传世名作。

兵 车 行

车辚辚，马萧萧，行人弓箭各在腰。耶娘妻子走相送①，尘埃不见咸阳桥②。牵衣顿足拦道哭,哭声直上干云霄! 道旁过者问行人,行人但云点行频③。或从十五北防河④,便至四十西营田⑤。去时里正与裹头⑥,归来头白还戍边。边庭流血成海水,武皇开边意未已⑦。君不闻汉家山东二百州⑧,千村万落生荆杞。纵有健妇把锄犁,禾生陇亩无东西⑨。况复秦兵耐苦战⑩,被驱不异犬与鸡。长者虽有问,役夫敢申恨? 且如今年冬,未休关西卒⑪。县官急索租,租税从何出? 信知生男恶,反是生女好,生女犹得嫁比邻,生男埋没随百草⑫。君不见青海头⑬,古来白骨无人收。新鬼烦冤旧鬼哭,天阴雨湿声啾啾!

① 耶娘:同爷娘。

② 咸阳桥:即渭桥。在长安通往咸阳的大路上。

③ 点行:根据丁籍征发差役。

④ 防河:当时吐蕃常侵扰黄河以西之地,即今甘肃、宁夏一带。开元十五年诏令陇右道、河西及诸军团、关中兵集于

临洮，朔方兵集于会州，防秋，至冬初无军情撤兵。

⑤ 营田：驻戍的军队一边捍卫边境要害之地，一边开垦田地。

⑥ 里正：乡里小吏。唐制，每一百户设一里，置里正一人。与裹头：为之扎裹头巾。

⑦ 武皇：汉武帝以穷兵黩武著称于史。唐代乐府诗常借汉代故事说当朝之事。这里实指唐玄宗。

⑧ 山东：指华山以东。

⑨ 东西：指田垄，东西方向叫做陌。

⑩ 秦兵：指关中的士兵。

⑪ 关西卒：函谷关以西的士兵，即秦兵。

⑫ "信知"四句：秦时民谣："生男慎勿举，生女哺用脯。不见长城下，尸骸相支拄。"

⑬ 青海头：唐军与吐蕃的交战之地。开元天宝年间曾多次大破吐蕃。

杜甫创作反映时事的新题乐府，始于这首《兵车行》。历代注家多认为此诗因哥舒翰用兵吐蕃而作。宋代黄鹤和清代钱谦益则认为是因杨国忠征南诏事而作，因为《资治通鉴》里关于这次征兵的记载与《兵车行》开头的描写很相似。其实,此诗写作的起因虽然可能与征南诏有关,但诗中所写的内容却不限于一时一地,而是集中反映了天宝年间唐王朝多次发动边境战争所引起的一连串严重社会问题。如果对诗里所指之事的解释过实,反而低估了诗歌高度的艺术概括力。

诗一开卷,那悲壮的声情和巨大的场面便令人震撼。诗人选择咸阳西边的渭桥,以这一西行必经的送别之地为背景,先从兵车的滚动声和战马的嘶鸣声落笔,再给行人腰间的弓箭一个特写,然后对家属们奔走拦道、牵衣顿足而哭的情景稍作几笔速写,以大笔晕染出漫天黄尘,读之便觉车声、马嘶、人喊,在耳边汇成一片纷乱杂沓的巨响。这就通过提炼少量最典型的细节概括了统治者多少次征丁所造成的百姓妻离子散的悲惨场景。汉乐府叙事诗往往以片断情节和单个场景表现某一类社会问题。杜甫自觉地运用这种表现艺术,构成典型化的具有巨大历史容量的场面,正是其新题乐府学习古乐府又加以再创造的结果。

在展开宏观的出征场面之后,诗人又借用汉乐府常用的对话形式，吸取了建安诗人陈琳《饮马长城窟行》用对话展开故事，将数万民夫的命运集中体现在一个太原卒身上的手法，将武皇开边以来人民饱受的征战之苦集中在一个老兵身上，设为"道旁过者"与他的问答之词，借他自述生平的谈论，概括了从关中到山东、从边庭到内地、从士卒到农夫，广大人民深受兵赋徭役之害的历史和现实。"信知生男恶"四句还活用陈琳诗将秦代民谣完整地嵌入诗里的表现手法，将生男生女的害处和好处加以比较，发挥了秦代民谣中所包含的言外之意。令人想到自秦到汉无休止的战争和徭役夺走大量男子的生命，竟使封建社会向来重男轻女的传统意识变成了重女轻男。而在号称盛世的天宝年间，人们竟然又将求生的希望寄托于性别的选择。这就更加发人深思。

从大段的对话里还可以看出杜甫涵咏汉乐府古诗的用心，如"行人"十五去防河、四十又戍边的经历，令人想到汉古诗《十五从军征》里那个十五从军、八十始归的老兵。又如"县官急索租，租税从何出？"同《战城南》里的"禾黍不获君何食？"一样，问得绝望而又极其有力：即使替统治者吃饭收租着想，也不能不考虑让劳力都去送死的后果啊！这都是用最起码的道理，鞭辟入里地抨击了统治者的昏庸和各级官长的残忍。

这首诗虽以叙事为体，但自始至终充溢着沉痛忧愤的激情。诗人不是一个冷眼旁观的路人，而是和"行人"的感情完全打成了一片。历来解释此诗，往往在"行人"答词究竟到哪里为止这一点上有争议。就是因为"行人"的回答几乎变成了诗人自己感慨万端的议论。特别是结尾以青海边幽凄的鬼哭与开头的人哭相呼应，以"古来无人收"的白骨为证，将眼前的生离死别与千百年来无数征人有去无回的事实相联系，使这首诗从更为高瞻远瞩的角度，暗示了秦汉唐几代统治者穷兵黩武的历史延续性。这种极其强烈的抒情色彩和高度的历史概括力，又与客观叙事的汉乐府迥然不同。

此诗采用杂言歌行的形式，句式韵律随感情的起伏奔泻而抑扬顿挫，读来词调宏畅，气势充沛，节奏分明。除了三五七言的交替以外，还融合了民歌的各种修辞手法，如"或从十五北防河"四句，一层意思分两层递进，便产生了类似北朝乐府民歌用叠句往复咏叹的节奏感。又如"牵衣顿足拦道哭,哭声直上干云霄","道旁过者问行人,行人但云点行频",以顶针格蝉联上下句造成语如贯珠的效果。"耶娘妻子走相送"、"被驱不异犬与鸡"采用通俗口语入诗等等。凡此种种,均可见其对民歌表现手法兼收并蓄而又变化无迹的功力。全诗浑成朴质,平易晓畅,深得汉乐府及北朝乐府之遗意,而恳切淋漓,沉厚雄浑,则是杜甫长篇歌行的本色,因而充分体现了杜甫新题乐府的艺术独创性。

丽 人 行

三月三日天气新,长安水边多丽人。态浓意远淑且真,肌理细腻骨肉匀。绣罗衣裳照暮春,蹙金孔雀银麒麟[①]。头上何所有? 翠为匌叶垂鬓唇[②]。背后何所见? 珠压腰衱稳称身[③]。就中云幕椒房亲[④],赐名大国虢与秦[⑤]。紫驼之峰出翠釜[⑥],水精之盘行素鳞[⑦]。犀箸厌饫久未下⑧,鸾刀屡切空纷纶。黄门飞鞚不动尘⑨,御厨络绎送八珍。箫鼓哀吟感鬼神,宾从杂遝实要津。后来鞍马何逡巡,当轩下马入锦茵。杨花雪落覆白苹⑩,青鸟飞去衔红巾⑪。炙手可热势绝伦,慎莫近前丞相嗔⑫!

① 蹙(cù)金:用金线绣成花纹皱缩。蹙,嵌绣的手法。

② 匌(è)叶:发髻上的花饰。

③ 袚(jié):衣服后襟。

④ 椒房亲:后妃亲戚。

⑤ 大国虢(guó)与秦:据《旧唐书·后妃传》载,玄宗封杨贵妃大姐为韩国夫人,三姐为虢国夫人,八姐为秦国夫人。

⑥ 驼峰:唐代贵族用的精美食品。名菜有"驼峰炙"。

⑦ 水精:水晶。素鳞:白色的鱼。

⑧ 犀箸:犀牛角做的筷子。

⑨ 黄门:宦官。鞚:马笼头。

⑩ "杨花"句:《广雅》:杨花入水化为萍,萍之大者为苹。

⑪ 青鸟:西王母的使者。传说西王母和汉武帝交往,先有青

鸟飞集汉武帝的殿前。西王母身边常有二青鸟。后来青
鸟被喻为男女间的信使。

⑫ 丞相:指杨国忠,天宝十一载(752)为右丞相。

《丽人行》在杜甫新题乐府中是个特例。这个题目
在汉代刘向的《别录》里有记载,应是旧题,但是元稹视
之为新题。天宝十一载杨国忠为右丞相,这首诗可能作
于第二年春天。三月三日上巳节古来就是女子在水边
被除不祥的日子,曲江踏青是长安风俗,因此这一天水
边的丽人特别多,普通百姓也就有可能见到出游的宫廷
贵妇们。

诗先一般描绘水边众多美人的姿容服饰之美:她
们资质美丽,意态娴雅,肌肤细腻,身材匀称。绣罗衣裳
与暮春景色相互辉映,绣满了金色的孔雀和银色的麒
麟。头上有什么呢?翡翠做的花饰垂在鬓边。背后见
到什么呢?衣上的珠宝压在腰际,更显得贴身合体。这
一段对美人的描写出自旁观者的赞叹,此法早见于汉乐
府《陌上桑》、古诗《羽林郎》、《孔雀东南飞》以及曹植

的《美女篇》；而词采之华美，刻划之细致，则又是梁陈歌行咏美人的特色。写宫廷美人虽然需要色泽富丽，但大段铺叙金银珠饰，最易板滞，这里吸取《木兰诗》自问自答的句式，以两层问句将头上和背后所见分开，便显得活泼，化解了过于堆砌而造成的浓艳之病。写背后所见，尤有意趣。苏东坡《续丽人行》说他从这首诗得到的是画理的启发："画工欲画无穷意，背立东风初破睡。……隔花临水时一见，只许腰肢背后看。"可见杜甫没有蹈袭前人从头到脚全面铺写衣饰的套式，而是别出手眼，刻画背后的装束，既符合观者隔花临水、不能近看的视觉印象，又给人留下比正面描写更多的想象余地。因而能在融会汉魏乐府和梁陈歌行的创作原理的基础上，自创新调，丰富了女性描写的传统手法。

在众多丽人中间，突出的重点是虢国、秦国和韩国夫人这三位外戚。下面进一步形容其肴馔品物之美：翡翠锅里煮着紫色的驼峰炙，水精盘里盛着白色的鲜鱼羹。这一节描绘食品和器皿的诗句，紫白、翠绿的色彩搭配十分雅致，更显出其食不厌精的讲究和奢侈。但因为吃腻了这些珍肴，她们还是久久不能下筷。厨师的鸾刀也白白地切了这些细丝。而御厨还在络绎不绝地送来各种珍贵的食品，诗人甚至注意到宦官飞马跑来却没有扬起尘土的细节，这又从进食的特写转移到送餐的大场面，既展示出皇家野筵的排场和气派，又可见出三夫人所受到的特殊宠遇。这一转折自然引出本诗最后出现的一位主人公：在动人的音乐和杂沓的仆从中，他的鞍马到得最晚，却大模大样地直入铺着锦绣地毯的小轩。

这位迟来的人物是谁？诗人不忙点破，先插入两句看似写景的闲笔：杨花如雪花般飘落，化为覆盖水面的白苹，这或者是春天应有之景。但西王母的青鸟衔着红巾飞去，就不是一般的信使了。古人认为杨花、萍、苹虽为三物，实为一体。这里暗指杨国忠和虢国夫人等本是兄妹。而杨花又有一典：北魏胡太后曾威逼杨白花私通，白花惧祸，降梁，改名杨华。胡太后思念他，作《杨白华歌》："秋去春还双燕子，愿衔杨花入窝里。"下面再用西王母和汉武帝交往，以青鸟为使者的典故。青鸟既为男女之间的信使,二典并用,可知意不在写景。结尾说游人被呵禁近前,免遭势焰正盛的丞相嗔骂。直到这时才直接点明后来者正是杨国忠,却刚到高潮便戛然而止。联系乐史《杨太真外传》载杨国忠与虢国夫人淫乱、略无检点的史实,不难体会结尾深长的意味。

浦起龙《读杜心解》说此诗"无一讥刺语,描摹处,语语讥刺。无一慨叹处,点逗处,声声慨叹"。信然。诗意旨在讽刺外戚权贵们骄纵荒淫的丑态,却只是用工笔画一样浓重的色调渲染杨国忠兄妹曲江游宴的豪华奢侈,使深刻的讽意从场面和情节中自然流露出来(陈贻焮《杜甫评传》),是这首诗最主要的特色。但乐府诗刺时一般只是借古喻今,这一首却明白点出"虢与秦"和"丞相"之名,直刺时事,这也许是元稹视之为新题乐府的主要原因吧!

醉 时 歌

诸公衮衮登台省①,广文先生官独冷②。

甲第纷纷厌粱肉③,广文先生饭不足。先生有
道出羲皇④,先生有才过屈宋⑤。德尊一代常
坎坷,名垂万古知何用?杜陵野客人更嗤⑥,被
褐短窄鬓如丝⑦。日籴太仓五升米⑧,时赴郑
老同襟期。得钱即相觅,沽酒不复疑。忘形到
尔汝⑨,痛饮真吾师。清夜沉沉动春酌,灯前细
雨檐花落。但觉高歌有鬼神,焉知饿死填沟
壑。相如逸才亲涤器⑩,子云识字终投阁⑪。
先生早赋归去来⑫,石田茅屋荒苍苔。儒术于
我何有哉!孔丘盗跖俱尘埃⑬!不须闻此意惨
怆,生前相遇且衔杯。

① 衮(gǔn)衮:连续不断的样子。台省:台指御史台,掌纠
正百官之过错;省指中书省、门下省、尚书省三省。台省是
政府重要机构。

② 广文先生:指郑虔,杜甫在长安时的好友。天宝九载,国子
监增设广文馆,总管文藻之士。郑虔久被贬谪,这时回京
师参选,任广文馆博士。

③ 厌：即餍足，满足。

④ 羲皇：伏羲氏，上古传说中的皇帝。道家认为羲皇时代人们清心寡欲。

⑤ 屈宋：战国时楚国诗人屈原和宋玉。

⑥ 杜陵野客：杜甫自指。杜陵为汉宣帝墓，在长安。杜甫的远祖杜预是京兆杜陵人。杜甫在长安时又曾住在杜陵附近的少陵，即汉宣帝许皇后的陵墓。所以他自称杜陵野客。

⑦ 被褐：穿着粗布衣。《老子》："被褐怀玉。"

⑧ "日籴"句：天宝十二载（753）秋，长安秋雨连降两个月不停，米价腾贵。朝廷下令出太仓存米十万石，减价粜给穷人。

⑨ 尔汝：都是"你"的不客气的称呼。

⑩ 相如：司马相如（前179？—117），汉武帝时著名辞赋家。曾与妻子卓文君在四川临邛开酒店，令文君当垆卖酒，自己洗涤酒器。

⑪ 子云：扬雄（前53—18），字子云，汉代著名辞赋家，博学多才，能识奇字。曾在天禄阁校书。弟子刘棻被王莽治罪，治狱使者来捕扬雄，雄从阁上跳下，几乎摔死。京师流传

"惟寂寞,自投阁"的说法。

⑫ "先生"句:东晋诗人陶渊明(365—427)辞去彭泽令归隐,
赋《归去来兮辞》。

⑬ 盗跖(zhí):春秋时代的大盗。

此诗有原注:"赠广文馆博士郑虔。"作于天宝十三
载(754)。杜甫这时已移家长安南城的下杜城。长期
困守京师,多方干求而一无所获,难免牢骚满腹、愤世嫉
俗。作于同一时期的《白丝行》、《贫交行》或悲哀自己
如素丝被污又遭弃捐的命运,或发为感叹世态炎凉的愤
激之辞,与这首《醉时歌》的情绪一致,可以参看。

《醉时歌》从头到尾都是牢骚。开头先为郑虔打抱
不平,一连八句,将郑虔的遭遇一口气倾泻出来。先是
以高官显贵们与郑虔作两层对比:诸公衮衮都登上了
台省,只有广文先生做着一个无权无势的冷官;高门大
户里的人纷纷吃腻了酒肉,广文先生却连饭都吃不饱。
这样巨大的反差难道是因为广文先生无才无德吗?恰
恰相反,诗人又用两个叠句连连声明广文先生甘于淡泊

的道德出自羲皇时代,能诗善画的才华超过屈原宋玉。这就又和他的落寞清贫再成一层对照。为什么如此?道德高尚的人往往困顿坎坷,这已成为规律。所以诗人感叹:即使名垂万古又有什么用? 中国知识分子从汉魏以来就确立了三不朽的人生理想,所谓太上立德,其次立功,其次立言。德尊一代是人生不朽的最高境界,但往往要付出一生枯槁的代价,陶渊明的痛苦和矛盾也正在这里。但他还是坚持了"不赖固穷节,百世当谁传"(《饮酒》其二)的信念。杜甫在这里又一次指出了"德尊一代"和"名垂万古"的矛盾,"知何用"固然是愤极之言,但也提出了一个问题:为什么德高者就一定该穷呢? 苏东坡也曾感叹:"饥寒常在身前,声名常在身后,二者不相待,此士之所以穷也。"(《书渊明乞食诗后》)可见这是一个历代有志有识者都在思考的问题。这一大段开头"诸公衮衮"一句用词富有创造性,以致"衮衮诸公"后来变成了一个略含讽意的成语。

广文先生虽然官冷饭不足,好歹还做着一个闲官。而寸禄不沾的杜甫当然更被人嗤笑:他穿着又短又窄的粗布衣,鬓角已经出现丝丝白发,每天和穷人们一样到太仓去买官家的减价救灾粮。这几句活画出一幅穷愁潦倒的野老像。"时赴郑老同襟期"一句,写杜甫有时拿一部分太仓米去沽酒与郑虔同饮,将前面分写的两人合二为一,归结到两人相同的襟怀。然后转为急促的四句五言,形容两人得钱就聚在一起痛饮,忘形到使用"尔汝"相称的程度,足见彼此相知之深。

以下进一步从诗题上发挥:喝到夜色沉沉仍然沉湎于春酌,看着灯前细雨霏霏,檐前春花飘落,这是春夜醉酒的醇美之境;高歌凌云,惊动鬼神,不以饿死沟壑为意,这是醉后放浪的通神之境;相如尚且卖酒涤器,扬雄亦不免因识字投阁,又何况你我?这是借古人自慰也是自泄。

醉中虽然能与鬼神古人相通,醒后终须回到现实。所以最后感叹郑虔将效陶潜归去,守着石田茅屋、荒草苍苔,过着隔绝人迹的生活。郑虔爱好琴酒诗咏,善画山水,擅长书法,曾被玄宗赞为"郑虔三绝",尚且落到如此地步,真让人怀疑世间还有没有是非,儒术还有没有用处,所以一向尊崇儒术的诗人竟然大呼:"儒术于我何有哉！孔丘盗跖俱尘埃！"不但否定了自己奉儒的信念，而且视圣人大盗同归泯灭。这种老庄的放诞之论，如果出自李白之口，并不奇怪；出自杜甫之口，则说明他真是伤心愤激到极点了。但"孔丘盗跖俱尘埃"其实是对前面"名垂万古知何用"的再次回应。孔丘名垂万古的意义在于垂范后世，如果后世的盗跖都比圣人得势，那么不等于圣德、恶行都像尘埃一样没有意义了吗？杜甫并不像后世崇拜杜甫的人那样冬烘，毕竟他生长在儒道佛各家思想兼容并包的时代，对于现世的不平使他激发了对古训的怀疑和思考，正是杜甫的深刻之处。所以说"《醉时歌》纯是天纵，不知其然而然，允矣高歌有鬼神也"（《杜诗详注》引卢世㴶语），用来说明此歌的艺术特色是很中肯的，用来批评"其词未可以为训也"（同上），一概视为酒后狂言，才是真正不足为训。

后出塞五首（选一）

朝进东门营①，暮上河阳桥②。落日照大

旗，马鸣风萧萧③。平沙列万幕，部伍各见招。中天悬明月，令严夜寂寥。悲笳数声动，壮士惨不骄。借问大将谁？恐是霍嫖姚④。

① 东门营：指洛阳城东的上东门外的新兵营。

② 河阳桥：河阳县，在今河南孟州。古称孟津。桥指渡黄河的浮桥。

③ "马鸣"句：《诗经·小雅·车攻》："萧萧马鸣，悠悠旆旌。"

④ 霍嫖姚：汉武帝时著名将领霍去病，在平定西北和漠北匈奴的大战中建立了奇功。二十四岁去世。曾任嫖姚校尉，随大将军卫青出塞。

《后出塞五首》是一组叙事连贯的古题乐府诗。第五首写到"坐见幽州骑，长驱河洛昏"，说明写于安禄山之乱发生以后，注家认为是天宝十四载冬天所作。

安禄山反叛之前，身兼范阳、平卢、河东三镇节度使，为了达到以边功邀宠的目的，常在东北边境挑起事端,与奚族和契丹作战。同时不断招纳蕃将,阴谋作乱。因此安禄山之乱与玄宗的好大喜功直接有关。这组诗是对安史之乱起因的最早反思。诗人采用古题乐府以第三人称口吻叙事的传统手法,写一个在天宝末年被征入伍的战士满怀立功封侯的希望来到安禄山军中,最后在叛乱发生时脱身逃归。借他的所见所闻,反映了安禄山从"重高勋"到"位高气骄"到"长驱河洛"的发展过程。所选为第二首,写战士初入军营的感受,是五首中艺术成就最高的一首。

新兵入伍,先进洛阳上东门外的军营,接着就上了河阳的大桥。河阳是通往河北的要津,募兵往范阳,必须经过河阳桥。首二句用汉魏古诗和北朝乐府民歌常用的"朝""暮"相对的句法,写新兵走上征途,迅速把重点移到黄昏和夜间。落日照耀着大将用的红旗,萧萧风声中传来阵阵马嘶,俨然一幅军营落日图。"落日照大旗,马鸣风萧萧"历来传为名句,一则在于以落日、风声为背景,选择军旗和战马这两种军营中的典型事物,分别从色彩的映衬和声音的配合两方面,勾勒出形象鲜明的画面；二则在于文字粗犷有力，气魄极大，因而境界雄浑苍凉而声情悲壮豪迈。

以下写军队驻营后的气氛：平沙上成万帐幕列成阵势，各部各队的士兵被召集起来，住入营帐，可见队伍井然有序、军容整肃。夜中惟见一轮明月悬在当空，整个军营寂寥无声，更见军令之森严。偶尔响起几声悲凉的胡笳，壮士不觉心头惨然，再也没有了入伍时的骄矜之气。进入如此整肃森严的队伍，战士不由得要揣度这统军的大将是谁，恐怕是和嫖姚校尉霍去病一样的人物吧！霍去病是汉代最有名的将军，曾在公元前121年先后越焉支山和祁连山出击匈奴，斩获四万多人，西部匈奴从此绝迹。公元前119年，又出代郡塞外二千余里，打败匈奴东部兵，斩获七万余人。这首诗写战士初到军营的新奇感，以霍去病喻主将，从战士的心理来看，是赞美之意。但联系第三首写开边来看，霍去病又是一个典型的能在开拓疆土中建立奇功的将军，因而诗人又借这个"大将"初步暗示了这组诗批判边功的主题思想。

杜甫几乎没有高适、岑参、王昌龄那类豪迈乐观的边塞诗。《后出塞》中写战士盼望立功的豪情壮志，也与盛唐边塞诗人借以抒写英雄主义精神的主旨正好相反，只是为说明边功致乱的主题作铺垫。但是本诗作为一首单独的边塞诗来看，其雄浑壮阔的意境却可以和盛唐最优秀的边塞诗媲美。

自京赴奉先县咏怀五百字

杜陵有布衣，老大意转拙。许身一何愚，窃比稷与契①。居然成濩落②，白首甘契阔。盖棺事则已，此志常觊豁③。穷年忧黎元，叹息肠内热。取笑同学翁，浩歌弥激烈。非无江海志，潇洒送日月。生逢尧舜君，不忍便永诀。当今廊庙具，构厦岂云缺。葵藿倾太阳④，物性固难夺。顾惟蝼蚁辈，但自求其穴。胡为慕大鲸，辄拟偃溟渤⑤。以兹悟生理，独耻事干谒。兀兀遂至今，忍为尘埃没。终愧巢与由⑥，未能易其节。沉饮聊自适,放歌破愁绝。

① 稷与契:尧舜时代的贤臣,分任农官、司徒。契音 xiè。

② 濩(huò)落:大而无当。

③ 觊豁(jì huò):希望施展。

④ 葵:胡葵,又名戎葵、卫足葵、吴葵、一丈红,是锦葵科的宿根草本,叶子向阳。藿:豆叶。《花镜》:"葵,阳草也。一名卫足葵。言其倾叶向阳,不令照其根也。"曹植《求通亲亲表》:"若葵藿之倾叶,太阳虽不为之回光,然终向之者,诚也。"

⑤ 偃(yǎn)溟渤:在大海里游息。

⑥ 巢与由:古代的两个隐士巢父和许由。

岁暮百草零,疾风高岗裂。天衢阴峥嵘⑦,客子中夜发。霜严衣带断,指直不能结。凌晨过骊山,御榻在嵽嵲⑧。蚩尤塞寒空⑨,蹴踏崖谷滑⑩。瑶池气郁律⑪,羽林相摩戛。君臣留欢娱,乐动殷胶葛⑫。赐浴皆长缨⑬,与宴非短褐。彤庭所分帛,本自寒女出。鞭挞其夫家⑭,聚敛贡城阙。圣人筐篚恩⑮,实欲邦国活。臣如忽至理,君岂弃此物? 多士盈朝廷,仁者宜战慄! 况闻内金盘,尽在卫霍室⑯。中堂有神仙,烟雾蒙玉质。煖客貂鼠裘,悲管逐清瑟。劝客驼蹄羹,霜橙压香橘。朱门酒肉臭,路有冻死骨。荣枯咫尺异,惆怅难再述。

⑦ 天衢:天空。一说天街。峥嵘:形容云层迭起状。

⑧ 嶻嶭(dié niè):形容山高,这里指骊山。

⑨ 蚩尤:古代神话传说蚩尤和黄帝交战,作大雾,这里代指雾。

⑩ 蹴(cù):踩。

⑪ 气郁律:形容热气蒸腾。

⑫ 胶葛:广大深远貌。

⑬ 长缨:指高官显贵。

⑭ 夫家:人口,役夫,家口。徐幹《中论》:"户口漏于国版,夫家脱于联伍。"

⑮ 筐篚（fěi）恩：皇帝宴会时用筐篚盛钱币、绢帛赏赐群臣。《诗经·小雅·鹿鸣》序："既饮食之，又实币帛筐篚，以将其厚意。"

⑯ 卫霍室：汉代卫青、霍去病都是汉武帝的外戚，这里借指杨氏家族。

　　北辕就泾渭，官渡又改辙。群冰从西下，极目高崒兀。疑是崆峒来⑰，恐触天柱折。河梁幸未坼，枝撑声窸窣。行旅相攀援，川广不可越。老妻寄异县，十口隔风雪。谁能久不顾，庶往共饥渴。入门闻号咷，幼子饿已卒。吾宁舍一哀⑱，里巷亦呜咽。所愧为人父，无食致夭折。岂知秋禾登，贫窭有仓卒。生常免租税，名不隶征伐。抚迹犹酸辛，平人固骚屑。默思失业徒，因念远戍卒。忧端齐终南，澒洞不可掇⑲。

⑰ 崆峒（kōng tóng）：山名，在今甘肃岷县。

⑱ 舍一哀：抛舍一哀之礼。据陈贻焮先生考，古代士大夫的
　 丧礼规定，主家守灵时，每有人来祭奠，必须先哭一场。然
　 后行礼，叫做一哀。唐代有遵礼经不哭丧婴的习俗，所以
　 说舍一哀，不必见人就哭。

⑲ 颎(hòng)洞：浩大无边。

　　在杜甫的诗歌中，《自京赴奉先县咏怀五百字》可
说是最集中地披露诗人一生心事的长篇。这首诗作于
天宝十四载。十月杜甫得到右卫率府兵曹参军的任命，
十一月离京赴奉先县(今陕西蒲城)探家。安禄山恰在
此时反叛，但长安尚未证实反讯，唐玄宗和杨贵妃还在
骊山华清宫避寒享乐。而杜甫从长安到奉先，正经过骊
山，久已积压在心头的政治危机感和大乱将临的预感，
被眼前与皇帝咫尺天涯的情景所触动，发为忧国忧民的
浩叹，便更觉恳切沉痛。

　　全诗以还家探亲的过程作为主线，虽然从结构上可
以分为明志述怀、途经骊山和到家经过三部分，而以咏
怀为一篇正意。所以发端开门见山，直陈平生抱负。诗

人以稷与契自比，虽然极其自负自信，却以自嘲越老越拙的口气出之，是包含着十年潦倒的穷愁辛酸的。但明知许身太愚，仍然矢志不移，又表现了诗人追求理想的执着信念。第一大段正是围绕着这一主旨反复转折，从各种角度层层推覆，表白自己坚持既定人生道路的决心：先说虽然一事无成，但希望实现志向的心愿要盖棺则已；其次又强调尽管被同学取笑，仍不能改变救世济民的热肠。古今之人都讲"达则兼济天下，穷则独善其身"，杜甫却唱出了"穷年忧黎元"的浩歌，这是他的伟大精神所在，也是他不为众人理解的原因。因此又引出下一层转折：自己并非没有潇洒山林的独善之想，只是生逢尧舜之君，不甘退隐而已；这就又转出一层反问：既逢治世明君，廊庙里有的是栋梁之材，哪里还缺自己这块料？随即自答：即使如此，其恋阙之心也依然不变，只是因为如葵藿向日，天性难移而已；如此汲汲于进取，岂非太热衷名利？于是又接着说明自己的本心并非像蝼蚁那样自营洞穴，而是要像巨鲸般志在万里；正因如此执着于大道，又羞于干谒，才一直埋没风尘；但即使耽误了生计，也始终不肯归隐，只能愧对巢父、许由，饮酒放歌以破闷了。

第一大段一气七八层转折，跌宕起伏，连绵不断，像剥茧抽丝一样，后一层意思从前一层意思中引出，先反后正，自嘲自解，在回顾往事的万般感慨中倾吐出不遇之悲和身世之感。理想与现实的矛盾，兼济与独善的冲突也在痛苦的反省中得到解决。最后又轻巧地将撒开的思绪兜转来，回到眼前廓落无成的处境。这就以议论推驳的层次形成抒情的回环往复，体现了杜甫以议论入诗又能保持诗歌情韵的艺术独创性。

第二大段夹叙夹议，记述途经骊山的见闻和感想。先用十句的篇幅铺叙一路风高霜严、雾重路滑的情景，不仅令人身临其境地感受到行旅风霜之苦，而且反衬出骊山华清宫内的暖意，使宫内宫外的苦乐之别形成更为鲜明的反差。来到骊宫墙外，连羽林军兵器相碰的声音都可以听见。但一墙之隔，何啻天壤。处在这种特殊的境地，诗人自不免感慨万端。在悬想宫内赐浴欢宴的情景时，他单挑出分帛一事来议论。从章法立意来看，仍是扣住寒暖对照，通贯上下；从所选事例的典型性来看，又揭示了唐代统治者最基本的剥削方法——租庸调的实质。杜甫强调这些进贡的绢帛是官府以鞭挞的手段强行从民间寒女家搜刮得来，一针见血地指出上层统治者的享乐生活正建筑在掠夺劳动人民的基础之上。接着，笔锋又转向最骄奢淫逸的后妃外戚，对"中堂"酒宴的豪华奢侈极尽铺陈之能事，这在当时有明显的针对性。《资治通鉴》卷二一六载："时诸贵戚竞以进食相尚，上命宦官姚思艺为检校进食使，水陆珍馐数千盘，一盘费中人十家之产。"珍馐美味视若平常，酒肉凡品自然只能任其臭腐了。至此，诗人不觉大声呼出"朱门酒肉臭，路有冻死骨"这一联千古名句，便成为诗情发展的必然。这是杜甫从"穷年忧黎元"的一片热肠中自然迸发的浩叹，高度概括的语言使贫富对立的社会现象通过眼前寒暖的对照更加触目惊心。同时又在达到高潮时暗中结上启下，不露痕迹地转回路上的情景。

最后一段写诗人继续北上辛苦跋涉的情状及到家后的境况。如果说从长安到骊山，着重写山路的艰险，那么从骊山到奉先则主要写水路的难行。这在章法上正好取得一山一水的对应。"群冰"四句写封冻之前河水夹带着大量冰凌西下,竟至令人产生恐触天柱折的惊悸之感。句句是实景,又流露出时势将乱的隐忧。景物描写中这类似有若无的暗示,没有象征和比兴那样明确的用意,最适宜表现朦胧的预感。这也是杜甫对传统比兴手法的创变。

历尽艰辛到家,一进门就听到幼子饿死的噩耗。这里将途中渴望与家人相见的急迫心情与入门先闻号啕之声的情景衔接得如此紧密,诗人到家先遭迎头一击的形景便在这戏剧化的场面中得到了充分表现。可贵的是杜甫能够由自己的不幸看到此事的典型意义:一个下层官吏,家里还有蠲免租税的特权,尚且不免在秋禾登场时饿死亲子,更何况贫困失业之徒和远征边戍之兵? 这不仅可见诗人推己及人的"仁者之心",而且在"平人"的骚屑中显露了一触即发的社会危机。这就难怪诗人的忧愤高如终南,如大海般混茫无际了。如大潮般汹涌而来的诗情在此陡然煞住,使全诗产生了"篇终接混茫”的艺术力量。

魏晋以来，咏怀类诗大多用托物比兴的手法，采取五言古诗的体裁，集中反映作家对社会和人生的感想。这首长篇则吸取王粲《七哀诗》和蔡琰《悲愤诗》根据自身经历抒发所见所感的写法，按照还家的时间顺序，通过真切描写沿途见闻和到家后的情景，集中表现了他"致君尧舜上"的抱负、对社会现实的洞察力，以及对国家命运和人民疾苦的深切关怀，从而为咏怀诗开出全篇议论与叙事抒情相结合的新形式。篇制虽巨，而章法完整，构思精密，可谓无一字落空，无一处闲笔，堪称最见杜甫平生大本领的代表作。

三、奔赴行在(756—759)

　　至德元载(756)五月,杜甫带领全家从奉先到白水。六月安禄山叛军攻破潼关后,诗人携家眷逃难北上,最后将家安置在鄜州羌村。七月肃宗在甘肃灵武即位,杜甫离家,打算从芦子关出去投奔行在。途中被叛军捉住,俘往长安。个人的不幸成为诗史的大幸,目睹长安沦陷后的种种惨象,使他能够成为历史的见证,亲笔录下这动乱时代的真实面影。

　　至德二载(757)四月,杜甫逃出长安,奔向肃宗所在的凤翔,五月拜左拾遗。一度因疏救房琯得罪,后获救复职。此后到乾元元年(758)六月,被贬为华州司功参军。从政时间不过一年多,但是险恶的政治风波使他对统治集团内部的斗争有了清醒的认识，深化了他对现实的思考。历史似乎特别偏爱李白和杜甫这两位大诗人，使他们几乎同时卷进了肃宗即位以后发生的两大政治事件中：李白因为追随永王璘而在肃宗兄弟相残中被投入监狱，流放夜郎；杜甫也因为疏救宰相房琯而送交三司推问。这两件大事本来是互相关联的。玄宗入川后派永王璘沿长江而下，节度江南，自然是对尚未坐稳江山的肃宗的重大威胁。而帮助玄宗出主意让诸位王子分守南方各路重镇的就是房琯。永王璘的反叛引起肃宗一连串地罢免玄宗旧臣的举动，暴露了玄宗和肃宗父子争夺政权的矛盾。房琯因小小的门客事件被罢相只是肃宗的借口，杜甫以"罪细不宜免大臣"为由上书，无意中触到肃宗痛处，这才使救人者的罪比被救者还要重。李白鼓吹永王占据金陵，杜甫疏救房琯，一南一北，先后获罪，正说明这两位满腔爱国热忱的大诗人在政治上实在太天真。

　　杜甫被贬华州，还是受肃宗大规模罢免玄宗旧臣的政治事件的牵连。两次成为最高统治者之间钩心斗角的牺牲品,这不能不促使他认真地思考这种斗争的实质。事实上,这一次玄宗旧党被大规模排斥,消灭了玄宗时代最后的一点政治影响。从此以后,以杜甫的政治倾向和人事关系,很难再找到重回朝廷的归路。最后他在华州弃官,显然是因为对自己从政的遭遇作过深刻的反省和思考,破除了对朝廷的幻想。

这一时期就杜甫的人生际遇而言,是出生入死、经历了惊涛骇浪的时期,也是"在精神上接受最强烈震动的时刻"(林庚《杜甫评传》序)。就其诗歌创作而言,由于"从思想感情上完成了日渐远离皇帝而走向人民的痛苦过渡"(陈贻焮《杜甫评传》),因而达到了他一生中的最高峰。他那些反映时事的最脍炙人口的名篇几乎都产生在这一阶段。陷贼期间他写出了《月夜》、《春望》、《哀王孙》、《哀江头》、《悲陈陶》、《悲青阪》、《塞芦子》等等著名篇章。这些诗篇中,有烽火中对家书的盼望,有残破宫苑边的低回,更有对血战场面的写实,以及扭转战局的献策,交织着追思太平盛世的感伤、怀念亲人的忧虑以及企盼平定战乱的愿望。从奔赴行在到弃官华州时期，他写下了《彭衙行》、《羌村三首》、《北征》、《洗兵马》、《赠卫八处士》等名作。次年三月他从洛阳回华州，又创作了"三吏"、"三别"这两组传世名篇。这些诗章通过诗人自己被卷入政治漩涡的体验，反映了两京收复前后复杂的局势变化；通过他的家庭在丧乱中的艰难处境，反映了广大人民共同遭受的苦难。在对现实的清醒批判中，又表达了对国家中兴的展望和信心。在黑暗血腥的年代里，闪耀着人道和正义的光芒。

从诗歌形式来看，在安史之乱前开始显露出特色的长篇咏怀诗和新题乐府，在这一时期取得了更加辉煌的成就。为了适应内容的需要，杜甫创造性地运用汉魏乐府进行艺术概括的原理，采用多种艺术手法，大大扩展了乐府的规模和容量，使传统的叙事方式产生诗史般的艺术魅力，并兼有抒情和议论的最大自由。从而完成了用新题乐府继承诗经和汉乐府优良传统的创举，奠定了他在中国诗歌史上的崇高地位。

月　夜

今夜鄜州月①，闺中只独看②。

遥怜小儿女，未解忆长安。

香雾云鬟湿，清辉玉臂寒。

何时倚虚幌③，双照泪痕干？

① 鄜(fū)州：今陕西富县。

② 闺中：妇女所住的内室，亦用以指妻子。

③ 虚幌：透亮的薄帷。

　　杜甫被俘到长安，因官职卑微，未被囚禁。但身陷贼寇占据的长安，安危难测。家人又阻隔异县，乱离之中，亲情最难释怀，遂写下这首思念妻儿的佳作。一般认为这是他被俘到长安后现存最早的一首诗，很可能作于中秋月夜。虽不无道理，但以诗人当时心境，忧国思家，长夜难眠，无论何时对此明月，都会倍增故园之情。不必泥于中秋。

"仰头看明月，寄情千里光。"（《子夜吴歌》）"举头望明月，低头思故乡。"（李白《静夜思》）望月思乡，是中国古诗里常见的主题。此诗的特点首先是从对方着想，不说自己的思家之苦，而是悬想家人对此明月，也会像自己一样彻夜难眠，寄情千里。于是，遥念妻子独自看月，也形容了自己的孤独；遥怜小儿女不懂思念父亲，更是抒写出自己对小儿女尚不知乱离失所的无限怜爱。

其次是想象妻子望月之久，也就体味出双方相思之深：她芳香的乌云般的发鬓已被雾气沾湿，洁白的双臂被月光照着感到了寒意，可见伫立在夜月下已经站到夜深。这两句勾勒出妻子笼罩在清光香雾之中的倩影，真切地描绘了一个似乎近在身旁却又远在天边的幻象，诗人神思恍惚的情态也可以想见。由于处处为对方着想，而实际上又处处是写自己的思家之情，所以最后"双照泪痕干"一句正好彼己双收，结出双方都盼望着早日团圆的愿望。"虚幌"仍照应月光下的情景，"泪痕"补足前面未曾说出的思乡之泪，又画出悲喜交集之情状。全诗妙思出于乱离中的至情，所以远比一般的忆内诗感人。

哀　王　孙

　　长安城头头白乌，夜飞延秋门上呼①。又向人家啄大屋，屋底达官走避胡。金鞭折断九马死，骨肉不得同驰驱。腰下宝玦青珊瑚，可怜王孙泣路隅。问之不肯道姓名，但道困苦乞为奴。已经百日窜荆棘，身上无有完肌肤。高帝子孙尽龙准②，龙种自与常人殊。豺狼在邑龙在野，王孙善保千金躯。不敢长语临交衢，且为王孙立斯须。昨夜东风吹血腥，东来橐驼满旧都③。朔方健儿好身手④，昔何勇锐今何愚！窃闻天子已传位，圣德北服南单于⑤。花门剺面请雪耻⑥，慎勿出口他人狙⑦。哀哉王孙慎勿疏，五陵佳气无时无⑧。

---

① 延秋门：唐宫苑的西门，出门有桥，渡过渭水，便上咸阳大道。

② "高帝"句：《史记·高祖本纪》：汉高祖刘邦"隆准而龙颜"。

③ "东来"句：指安禄山军从东北来，入长安后大肆掠夺，将财物都用骆驼运往范阳。

④ 朔方健儿：指哥舒翰统领的镇守潼关的朔方军。

⑤ "圣德"句：指肃宗在灵武即位，和回纥结好。南单于，东汉光武帝时匈奴分为南北两部，南单于归顺汉朝。这里借喻回纥王。

⑥ 花门：居延海北有花门山堡，驻有回纥骑兵。故唐人借"花门"称呼回纥人。劈（lí）面：古代回纥风俗，以刀割划脸面，表示悲愁。

⑦ 狙：猕猴类动物，常伺伏暗处以攫取食物。这里指暗中侦伺、监视。

⑧ 五陵：汉代长安郊区有帝陵五座：长陵、安陵、阳陵、茂陵、平陵。俗称五陵。这里借指唐代帝陵。玄宗之前也正好有高祖、太宗、高宗、中宗、睿宗五朝皇帝。

安禄山攻破潼关以后，玄宗仓皇出逃，来不及带走的子孙很多。《资治通鉴》卷二一八说玄宗出逃时，"选闲厩马九百余匹，外人皆莫之知。乙未，黎明，上独与贵妃姊妹、皇子、妃、主、皇孙、杨国忠……及亲近宦官、宫人出延秋门，妃、主、皇孙之在外者，皆委之而去"。这首诗所哀的落难王孙便是被抛弃的皇家子孙之一。

开头用汉魏乐府常见的比兴手法，借不祥之鸟白头乌鸦在城墙上号呼、在大屋上剥啄的动态，虚写长安大乱中明皇出逃、百官四散的场面。暗中点化梁朝侯景之乱时数万白头乌集于朱雀门的典故和当时的童谣："白头乌，拂朱雀，还与吴。"侯景也是胡人，利用梁武帝对他的信任发起叛乱，终于灭梁。因此以侯景比安禄山，颇为贴切。然而延秋门正是玄宗西出的宫门，高门大户中逃跑的达官是为了避胡。这又是实录。金鞭折断，跑死九马，极言玄宗逃跑的慌张，正因如此，才连亲骨肉都来不及带上一起飞奔。这里看似交代路遇王孙的原因，实际上深藏着对皇帝的辛辣讽刺。

以下写王孙在路边哭泣、在荆棘丛中流窜、不肯道出姓名、但愿为人作奴，应是作者亲眼所见，但还是通过宝玉珊瑚的佩饰和相貌殊于常人等细节点染，传神地刻画出王孙走投无路的狼狈形象，以及害怕暴露身份遭受迫害的可怜心态,反映出大乱之初正常的社会秩序被打破而导致命运倒置和心理错位的普遍现象。

在诗人与王孙的对话中,揭露了叛军在长安杀戮抢劫、用骆驼将财宝运往安禄山老巢的罪行;传播了肃宗在灵武即位,西北回纥将要协助平叛的新闻。这既是古道热肠的诗人对王孙的劝慰,又像是"敌占区记者写来的通讯报导。这种身临其境的真实性,决非后代根据间接档案材料写成的史传所能比拟"(陈贻焮《杜甫评传》)。报导之外,还有对哥舒翰潼关之败的批判,对花门参与平叛后形势的预测,这就使对话的表现力也扩展到能够最大程度地展现整个时代背景的程度。

路遇落难王孙只是一个小小的情节,却反映了长安沦陷之初,唐王室从将近崩溃到开始整顿的历史过程。这正是杜甫新题乐府继承汉乐府又高于汉乐府的地方。

悲 陈 陶①

孟冬十郡良家子②,血作陈陶泽中水。

野旷天清无战声,四万义军同日死。

群胡归来血洗箭,仍唱胡歌饮都市。

都人回面向北啼,日夜更望官军至。

① 陈陶:一名陈陶斜或陈涛斜,因有泽地,又名陈陶泽。在陕 ·
西咸阳东。

② 十郡良家子:指从西北诸郡招募的子弟。

　　至德元载(756)十月,宰相房琯请旨带兵讨伐叛军,兵分三路,南路从宜寿(今陕西周至)、中路从武功(今陕西武功西南)、北路从奉天(今陕西乾县)一齐进军。十月中路和北路与贼将安守忠遭遇,在陈陶斜血战。房琯用古代车战之法应敌,以牛车二千乘、裹挟骑兵步兵前进,被敌军纵火焚烧,几乎全军覆没,死者四万余人,存者仅数千而已。杜甫在长安听到这个消息,亲眼见到叛军得胜归来的嚣张气焰,沉痛无比,便写下了这首诗,哀挽官军的惨败。

　　诗人没有实录大战的经过,只写了战败的后果,着意描绘了陈陶血流成泽、尸横遍野的场面：初冬时节，十个郡的士兵的鲜血都变成了陈陶泽里的水；在死寂的苍天之下，旷野之上，布满四万义军的尸体。"四万义军"的巨大数字与"同日死"的短促时间合并在一句之中，与前句血化作水的形容联系在一起，便强调出无数生命毁于一旦的过于轻易之感。如此残酷的战争，如此荒唐的惨败，使血不但像水一样没有价值，也使生命失去了值得珍惜的意义。所以没有人性的群胡可以用血洗箭，还能唱着胡歌狂歌痛饮。与都人掩面悲啼的情状加以对比，便更加惊心动魄地揭示出两京生灵在血泊中哀吟的惨象。

这首诗不仅以血淋淋的实录反映了唐军惨败、叛军气焰正盛的形势，而且以典型的画面凸显了人类战争的残酷。表现的不仅仅是诗人对时势变化的关注，更主要的是无数生命的毁灭在诗人内心造成的强烈震撼。杜甫的可贵就在他的心始终与人民一起滴血，从未因熟视丧乱而变得麻木，所以他的痛切悲苦之词，才能使千载以下的读者为他的博大仁爱而感奋流涕！

春　望

国破山河在,城春草木深。

感时花溅泪,恨别鸟惊心。

烽火连三月,家书抵万金。

白头搔更短,浑欲不胜簪[①]。

① "浑欲"句:这句说头发稀得快要插不住簪子了。浑欲,简直要。簪,别住发髻的条状物。

一首名作能传诵千古,必定是因为它能高度概括时人和后人在同类境遇中共同的感受和体会。《春望》就是如此。

国破是一朝一代的悲哀,而山河是永恒的存在;破城遇到春天,草木照样生长,自然规律不会因时势的变化而改易。眼前人事和永恒时空的对比,使诗人更强烈地感受着内心的荒凉落寞,以至于所见只剩下山河草木,一片空廓。但是山河草木虽然无情,诗人却使它们都变成了有情之物,花鸟会同诗人一样因感时而溅泪,因恨别而伤心。足见人间深重的苦难也能惊动造化。花儿带露、鸟儿啼鸣不过是自然现象,而所溅之泪和所惊之心实出自诗人。因此花和鸟的溅泪和惊心只是人的移情。历来称赞此诗移情于景的手法新颖,但它能够感人还是得力于开头两句的深刻含蕴。

一春三月,烽火不息,所以家书难得,可抵万金。两句是因果关系的流水对,这一年的正月,李光弼正与史思明战于太原,郭子仪从鄜州进击河东,叛将安守忠自长安向武功出兵,长安、鄜州都卷入战事,自然音问难通。这句是实写自己与家人音讯隔绝,但也概括了一个共通的道理:战乱之中亲人的平安消息比什么都珍贵。由于能将个人的感受提炼成人之常情,这两句遂成为表达人们在乱离中盼望家信的成语。

这首诗各联结构严整,颔联分别以"感时花溅泪"应首联国破之叹,以"恨别鸟惊心"应颈联思家之忧,尾联强调忧思之深导致发白变疏。加上对仗精工,声情悲壮,自然成为最能概括家国之恨的代表作。

哀 江 头

少陵野老吞声哭,春日潜行曲江曲①。江头宫殿锁千门②,细柳新蒲为谁绿?忆昔霓旌下南苑③,苑中万物生颜色。昭阳殿里第一人④,同辇随君侍君侧。辇前才人带弓箭⑤,白马嚼啮黄金勒。翻身向天仰射云,一笑正坠双飞翼。明眸皓齿今何在?血污游魂归不得。清渭东流剑阁深⑥,去住彼此无消息。人生有情泪沾臆,江水江花岂终极?黄昏胡骑尘满城,欲往城南望城北。

① 曲江:曲江池,在陕西长安东南十里。

② 江头宫殿:玄宗的行宫。

③ 南苑:即芙蓉园,在曲江南部。

④ 昭阳殿:汉成帝时宫殿名,成帝的美人赵飞燕所居。"第一人"即赵飞燕,这里比喻杨贵妃。

⑤ 才人:宫中女官。

⑥ 清渭：渭水。玄宗由便桥渡渭水，从咸阳往马嵬驿西去。
马嵬驿在陕西兴平，渭水自陇西东来，经过兴平，杨贵妃在
马嵬驿被赐死，葬于渭滨。剑阁：谷名，在蜀与汉中的通
道上，玄宗入蜀所经之地。

757 年春天，杜甫偷偷来到曲江闲游，怅望江岸的
宫殿千门闭锁，柳丝和水蒲又一度生出新绿，然而盛世
的繁华已经不复存在，不禁悲从中来。这首诗前半首回
忆玄宗与杨贵妃游幸曲江的盛事，后半首感伤贵妃之死
和玄宗出逃，慨叹曲江的昔盛今衰，写出胡骑铁蹄下的
长安的荒凉景象，哀婉无穷。

前半首是忆念中的场面：皇帝的旌旗仪仗浩浩荡
荡，后宫的第一美人随侍君侧，真是无限风光，万象生
辉。在这煊赫的排场之中，诗人只选取了辇前才人射猎
一事作细节描绘。据陈贻焮先生引王建《宫词》为证，
当时确有射生宫女，随皇帝游幸时主要射杀飞禽和小
兔，以博君王一笑。同时，选取射禽一事还寄托了诗人
很深的用意："一笑正坠双飞翼"句作为前半首回忆盛

况的结句,使欢乐的气氛达到高潮之后形成一个急剧的
转折。原是比翼双飞的禽鸟如今由天坠地,这种意象的
暗示性,不难令人想到玄宗、贵妃命运变化的急速,这就
使前后内容的突然转换有了一个现成的过渡,前半首游
苑场面的细节描写和后半首相思相忆之情的接合,便丝
毫不觉突兀。苏辙称赞此诗"词气若百金战马,注坡蓦
涧,如履平地"。这种艺术效果正是由于杜甫善于在暗
中完成篇意的转折和连结,充分发挥了歌行的大容量和
跳跃性的结果。

　　正因为飞翼双坠已经暗示了天壤之间的极大反
差,因此下面不需要再费笔墨作为任何过渡,紧接着
就感叹贵妃的明眸皓齿今在何处,她在马嵬驿被血污
染的游魂再也不会归来了!清清的渭水经过马嵬驿
不停地向东流去,而入蜀道中的剑阁是那么深远,贵
妃与玄宗一去一住,生者死者彼此永无消息。看着长
流的江水和年年开放的江花,想到因遭遇剧变而更加
短促的人生,教人怎能不伤情流泪呢?这里洒泪的是
诗人,但因语意和文势紧接"清渭剑阁"句顺流而下,

又似是写玄宗的伤情。所以后来白居易《长恨歌》、白朴《梧桐雨》、洪昇《长生殿》等都有大段刻画玄宗入蜀和归京时沿途触景伤情的文字。诗的结尾在满城胡骑扬起的黄尘之中，突出了一个心乱目迷、不辨南北的野老形象。这也是杜甫新题乐府的特色，在他的乐府诗中，虽然叙事的主角不断改变，但抒情主人公永远是他自己。

此诗后半首唏嘘感叹帝、妃的生离死别，借长流的清渭和深幽的剑阁烘托他们的天长地久之恨，似乎与他以前在《丽人行》、《五百字》里对杨妃的批判以及后来在《北征》中将马嵬之变比作诛灭褒姒和妲己的态度不同。其实并不矛盾。李、杨个人命运的戏剧性巨变本来就是唐王朝极盛而衰的最典型例证。《哀江头》的成功就在于作者最早看到了安史之乱这一历史事件与李、杨命运的关系，因此咏叹其命运的剧变，也就是感叹国家的盛衰巨变。二者的结合，从此为中国的诗歌、小说、戏剧开出一个永不衰竭的历史主题。

羌 村 三 首（选一）

　　峥嵘赤云西，日脚下平地。柴门鸟雀噪，
归客千里至。妻孥怪我在，惊定还拭泪。世乱
遭飘荡，生还偶然遂。邻人满墙头，感叹亦歔
欷。夜阑更秉烛，相对如梦寐。

　　羌村在鄜州郊外，杜甫陷贼前将家安在这里。以后
一直未能与家人见面。《羌村三首》应作于七五七年八
月。他因疏救房琯得罪，后恢复右拾遗官职，被批准还
家探亲。这三首便是到家后所写。

　　这首诗是三首中的第一首，也是表现乱离中与家人
久别重逢情景最感人的一首。诗首先渲染到家时乡村
黄昏的景色：西天布满层层红云，夕阳光直射到平地。
柴门鸟雀乱叫，似乎在欢迎千里之外的游子归来。爽晴
的秋色中透着喜气，"日脚"一语尤见绘景的真切朴实。
其次写妻儿见面时惊怪的反应：乱离久别，生死未卜，
已经不存希望，偶然生还，亲人乍见的第一个反应必定

是惊诧人还活着，然后才是惊定之后悲喜交集的拭泪，接着是来看归客的邻居扒满墙头，陪着一起叹息。最妙的还是夜深之后依然秉烛相对：大惊大喜大悲之后余波未平，唯有人静之后，对于乱离滋味体会最深的夫妇才有机会单独相对，慢慢回味别后的百般辛酸。此时犹如在梦中，说明惊怪之意尚未尽消，还不敢完全相信梦寐以求的重逢已成事实，足见生聚之不易了。

以朴素平常的语言将自己饱经乱离之后与亲人团聚的感触提炼出来，在普通的日常生活场面中表达出乱世常人在同样情景中都有的感受。这就是此诗的感人之处。

《羌村三首》是一组整体性很强的诗。第二首写他在团聚之初的感情激动过去之后，从梦寐回到现实的忧虑：

> 晚岁迫偷生，还家少欢趣。娇儿不离膝，畏我复却去。忆昔好追凉，故绕池边树。萧萧北风劲，抚事煎百虑。赖知禾黍收，已觉糟床注。如今足斟酌，且用慰迟暮。

　　回家与妻儿团聚,本应多欢趣,诗人却百忧丛生,以至绕膝的娇儿都看出了父亲面色不悦,不觉畏惧退走。诗人想用重游旧地来排解,反而更加伤怀。只有想象中将要酿成的酒或可解忧。全篇不说所忧为何,只是藉娇儿的察言观色和旧地重游反复抒写无法排遣的愁苦。但因他这次还家本身就意味着政治上的冷遇,诗人所说的"迫偷生"中恐怕包含着复杂难言的心事。再联系第三首来看,诗人最大的心事还是未平的战乱:

　　　群鸡正乱叫,客至鸡斗争。驱鸡上树木,始闻叩柴荆。父老四五人,问我久远行。手中各有携,倾榼浊复清。莫辞酒味薄,黍地无人耕。兵革既未息,儿童尽东征。请为父老歌,艰难愧深情。歌罢仰天叹,四座泪纵横。

　　开头活画出一幅热闹的柴门客至图。群鸡乱叫迎客,赶走了鸡才听到客人的敲门声,这比陶渊明的田园诗更有生活情趣。"驱鸡上树木"一句历来为注家所不解,今新疆民间仍有不剪鸡翅、任其栖宿于树巅的习惯。

汉乐府也说"鸡鸣高树巅"。可见唐代西北地区鸡是可以上树的。父老各自携酒前来看望远客,尽管已是倾其所有,尚恐客嫌酒味太薄,这种诚恳和纯朴已使诗人感动不已,更何况解释酒薄的理由呢。"黍地无人耕"、"儿童尽东征"两句囊括了《兵车行》和"三吏三别"的核心内容,虽繁简有别,而出自父老乡亲的闲话之中,更觉感人至深。此时杜甫所愧的又岂只是父老在艰难中饷客的深情呢? 更愧的是他在政治上的无所作为——无力救民于兵革之中,这不就是上一首诗所说的"偷生"之意吗?

三首诗按照还家后的生活逻辑,从三个生活侧面展示了杜甫由悲喜交集到忧愧交并的感情发展过程。即使在平常的乡居生活中,他也能将带有普遍性的社会现象转化为诗的感受。这种不同于陶渊明的田家生活描写,为中唐以后的田园诗开出了另一种境界。

北　征

皇帝二载秋①,闰八月初吉②。杜子将北

征,苍茫问家室。维时遭艰虞,朝野少暇日。顾惭恩私被③,诏许归蓬荜。拜辞诣阙下,怵惕久未出。虽乏谏诤姿,恐君有遗失。君诚中兴主,经纬固密勿④。东胡反未已,臣甫愤所切。挥涕恋行在,道途犹恍惚。乾坤含疮痍,忧虞何时毕!

① 二载:肃宗至德二载(757)。

② 初吉:月初。吉,吉日。

③ 顾惭:自顾惭愧。恩私被:承蒙皇上私恩。

④ 经纬:纺织的竖线和横线,这里比喻有组织、有条理地处理
　　国家事务。密勿:劳心勤勉。

靡靡逾阡陌,人烟眇萧瑟。所遇多被伤,呻吟更流血。回首凤翔县⑤,旌旗晚明灭。前登寒山重,屡得饮马窟。邠郊入地底⑥,泾水中荡潏。猛虎立我前,苍崖吼时裂。菊垂今秋花,石戴古车辙。青云动高兴,幽事亦可悦。

山果多琐细,罗生杂橡栗。或红如丹砂,或黑
如点漆。雨露之所濡,甘苦齐结实。缅思桃源
内,益叹身世拙。坡陀望鄜畤⑦,岩谷互出没。
我行已水滨,我仆犹木末。鸱鸟鸣黄桑,野鼠
拱乱穴。夜深经战场,寒月照白骨。潼关百万
师,往者散何卒⑧!遂令半秦民,残害为异物。

⑤ 凤翔:今陕西凤翔。757 年二月,肃宗行在从彭原进至
　　凤翔。

⑥ 邠郊:唐代邠州的郊外。在今陕西彬州,泾水流过州北,形
　　成盆地。邠郊地势低洼。

⑦ 鄜畤(fū zhì):鄜州的别称。畤是祭天的神坛。春秋时秦
　　国在鄜州设畤祭祀白帝,故名。

⑧ "潼关"二句:756 年六月,哥舒翰守潼关,拒不出战,为杨
　　国忠所逼,开关迎敌,被安禄山部将崔乾祐诱至灵宝交战,
　　二十万大军覆没。卒,同猝。

　　况我堕胡尘,及归尽华发。经年至茅屋,

妻子衣百结。恸哭松声回,悲泉共幽咽。平生所娇儿,颜色白胜雪。见耶背面啼,垢腻脚不袜。床前两小女,补绽才过膝。海图拆波涛,旧绣移曲折。天吴及紫凤⑨,颠倒在裋褐⑩。老夫情怀恶,呕泄卧数日。那无囊中帛,救汝寒凛慄? 粉黛亦解苞,衾裯稍罗列。瘦妻面复光,痴女头自栉。学母无不为,晓妆随手抹。移时施朱铅,狼藉画眉阔。生还对童稚,似欲忘饥渴。问事竞挽须,谁能即嗔喝? 翻思在贼愁,甘受杂乱聒。新归且慰意,生理焉得说?

⑨ 天吴:神话中的水神,虎身人面,八首八足八尾,这里指刺绣里的天吴图案。

⑩ 裋(shù)褐:粗布短衣。

　　至尊尚蒙尘,几日休练卒? 仰观天色改,坐觉妖氛豁。阴风西北来,惨淡随回纥。其王愿助顺⑪,其俗善驰突。送兵五千人,驱马一万

匹。此辈少为贵,四方服勇决。所用皆鹰腾,
破敌过箭疾。圣心颇虚伫,时议气欲夺⑫。伊
洛指掌收,西京不足拔。官军请深入,蓄锐可
俱发。此举开青徐⑬,旋瞻略恒碣⑭。昊天积
霜露,正气有肃杀。祸转亡胡岁,势成擒胡月。
胡命其能久?皇纲未宜绝!

⑪ "其王"句:回纥王葛勒可汗派儿子叶护带领四千多精兵
　　到凤翔,表示愿助唐室收复两京。肃宗之子李俶与叶护结
　　为兄弟。

⑫ "圣心"二句:指肃宗心里期待回纥的援助,而朝臣中有
　　不赞成依赖回纥之力的,但舆论和形势已定,不便再
　　多议。

⑬ 青徐:青州(今山东境)、徐州(今江苏北部)。

⑭ 恒碣(jié):恒山(今陕西恒山)、碣石山(今河北乐亭
　　附近)。

忆昔狼狈初,事与古先别。奸臣竟菹醢⑮,

同恶随荡析⑯。不闻夏殷衰,中自诛褒妲⑰。周汉获再兴,宣光果明哲⑱。桓桓陈将军⑲,仗钺奋忠烈。微尔人尽非⑳,于今国犹活!凄凉大同殿㉑,寂寞白兽闼㉒。都人望翠华,佳气向金阙。园陵固有神,扫洒数不缺,煌煌太宗业,树立甚宏达。

⑮ "奸臣"句:指马嵬之变中,杨国忠被士兵杀死,肢体分解,悬首驿门。菹醢(zū hǎi),剁成肉酱。

⑯ "同恶"句:指韩国夫人和秦国夫人也与杨国忠同时被杀,虢国夫人逃到陈仓县后被捕处死。

⑰ 褒妲(bāo dá):周幽王宠幸褒姒导致周亡,商纣王宠幸妲己导致商亡。

⑱ 宣光:周宣王和东汉光武帝刘秀,是使周朝和汉朝中兴的君主,这里借以表示寄中兴的希望于唐肃宗。

⑲ 陈将军:龙武将军陈玄礼,在马嵬发起兵变,士兵诛杀杨国忠,玄宗被迫赐贵妃自尽。

⑳ 微:无。尔:指陈玄礼。

㉑ 大同殿：玄宗朝见群臣的大殿，在长安南内兴庆宫勤政楼北。

㉒ 白兽闼：唐宫内的宫门名，即白兽门。

　　757年杜甫疏救房琯，被下三司推问，经张镐相救，方得赦罪。复右拾遗，不久得皇帝墨制，准许还家探亲。《北征》就写在他到家后不久，诗里详细记述了他离开行在后的沿途见闻和回家后与妻儿团聚的天伦之乐，并对当时的政治形势发表了自己的看法。因鄜州在凤翔东北，所以题为《北征》。

　　全诗可分五大部分。第一部分交代他回家的时间和原因。开头模仿曹大家的《东征赋》，郑重地标明自己在皇帝至德二载八月初一回家的日子，后面又自称"臣甫"，用的是大臣给皇帝上章奏的字面。似乎希望有朝一日能让皇帝看到，明白他的苦心。所以先感谢皇帝在此时势艰难、朝野繁忙之时特许自己探亲，拜辞阙下时诚惶诚恐、不胜感愧。诗人深知肃宗放自己还家是疏远之意，因此紧接着说明自己虽然缺乏当谏官的能力,但唯恐皇帝疏漏的心是真诚的。君王虽是周密勤勉的中兴之主,毕竟东胡之乱尚未平定,这正是作臣子的忧愤所在。这样说一方面是表明恋阙之心,一方面也是暗中为自己因房琯得罪之事辩解。这一大段公心、私情一齐迸发,成为全篇纲领。语意含蓄微妙,表述婉转委曲。虽然把一腔忠君恋君之心发挥得淋漓尽致,最终还是归结到对乾坤疮痍的忧虑。

第二部分描绘北征路上的所见所感,按照白天到入夜的时间顺序描写一路上山川地貌的变化、好恶不齐的景色,交织着随时触发的感想,刻划出一个背着沉重的精神负担,在寒山荒谷、战场旷野上踽踽独行的诗人形象。情绪也随途中景色而不断变化。一路行来,耳听伤者呻吟,目睹人烟萧瑟,旅途寂寞,环境险恶,气氛压抑之极,但在可怖的苍崖后边忽然转出一片清新的山野景致,心情顿时变得轻快起来。诗人在用钩斫之法皴出苍崖山石的纹理之后,又用彩笔焦墨细细点染山果枝叶,令人在苍寒的境界中感到活泼的情趣。但这些颜色不同的山果橡栗随即又引起诗人的身世之叹:万物同受雨露滋润，结出的果实却是有苦有甜，就像人各有命。乱世之中，哪里去找桃源？立身愚拙的诗人只好尝尽人间的苦果。这就又从一时的高兴转回眼前的处境。将近家门的时候，情绪忽又一转，进入了极其阴森凄凉的境界：夜深经过战场，冰冷的月光照着满地白骨，令诗人想起潼关惨败的景象。这就与本段开头白天所见的伤者形成呼应，分别以流血的呻吟和寒冷的白骨概括了从凤翔到鄜州沿途满目疮痍的凄惨景象。

第三部分写与家人团聚时百感交集的心情，先从大乱之后衣衫褴褛的艰难境况着笔，写得极其琐细而又切合人之常情。尤其是绣着海涛和珍禽异兽的官服拆开当了补丁，"天吴""紫凤"的纹样都横七竖八地颠倒在小儿女穿的粗布衣上，写尽原来的官宦人家窘迫的苦处，从观察极细微处真挚地表达出夫妻儿女的至情。妻女梳妆一节，以幽默风趣的笔致描摹女儿模仿母亲描眉涂唇的情状，憨态可掬，极其传神。接着从诗人纵容孩子的心理描写全家的天伦之乐，把家里乱哄哄的气氛表现得既诙谐又热闹。诗人被孩子们拉扯着胡须，在吵闹叫嚷声中怡然自得的神情也都生动如见。又因为这种种喜悦欣慰都发自乱中生还的独特感受，所以"翻思在贼愁"四句自然将家庭琐事转到国家大事上来，引出了最后两大段忧国忧民的议论。

第四部分是议论当前形势。"仰观天色改"四句用象征手法以天时比喻局势的转变，暗示朝廷借兵回纥将酿成新的动乱。后来的事实证明杜甫的看法是有远见的。但回纥助唐一事比较复杂，既应肯定他们愿意帮助平叛的好意，又要说清不宜过分依赖他们的隐忧，议论的分寸较难掌握。杜甫仅用十句诗就将形势的变化、朝廷的态度和自己的看法讲得清清楚楚，而且极其委婉得体。他充分肯定了回纥骁勇善战、破敌迅猛的特点，也就含蓄地点出了此辈少用为贵的道理。又指出目前两京指日可收，只要官军养精蓄锐，伺机深入，连青州徐州都可很快收复，不久即可直捣安禄山的老巢蓟门幽燕。实际上也表达了破贼应以官军为主的主张。这段议论犹如时事评论，激情澎湃，急泻而下，节奏紧促，一气呵成，读去令人极为振奋，毫无枯燥之感。

　　最后一部分以今比古，将马嵬之变与商、周之亡相比较，赞美在马嵬之变中奋起诛灭杨氏的陈玄礼扭转国运的功绩，肯定了朝廷自己除去奸臣祸根的意义，分析唐运未衰的原因，表示了寄中兴大业于肃宗的希望以及恢复贞观之治的信念。如果说上一部分的议论重在说明当前谨慎处理军国大事是争取中兴的关键，那么这一部分主要是指出朝廷善于总结经验教训，及时纠正错误，取得人心的归向，才是今后事业兴旺发达的保障。两段议论针对的具体史实之间跳跃较大，但都围绕着收复两京的当务之急而发，阐明了第一部分所说"恐君有遗失"的主题思想，同时兼顾了对玄宗和肃宗父子两代皇帝的批评和希望。诗人的思绪几起几落之后，在篇终达到高潮，以振兴太宗宏业的远大展望结束了全诗。

　　《北征》的布局是两头议论、中间叙事，叙的是还家探亲的私事，议的是对国家大事的深谋远虑，而以家国之忧和身世之感直贯全篇。加上起势浑厚，收势高远，因而能使沉雄博大的气概和细致琐碎的情趣和谐地统一在完整的艺术结构中。此诗章法虽不如《五百字》精密,但二者都是穷极笔力的大制作,堪称体现杜甫长篇咏怀最高水平的双璧。

彭 衙 行

忆昔避贼初,北走经险艰。夜深彭衙道①,月照白水山②。尽室久徒步③,逢人多厚颜。参差谷鸟吟,不见游子还。痴女饥咬我,啼畏虎狼闻。怀中掩其口,反侧声愈嗔。小儿强解事,故索苦李餐。一旬半雷雨,泥泞相牵攀。既无御雨备,径滑衣又寒。有时经契阔④,竟日数里间。野果充馁粮,卑枝成屋椽。早行石上水,暮宿天边烟。少留同家洼⑤,欲出芦子关⑥。故人有孙宰⑦,高义薄层云。延客已曛黑,张灯启重门。煖汤濯我足,剪纸招我魂⑧。从此出妻孥,相视涕阑干。众雏烂漫睡,唤起沾盘餐。誓将与夫子,永结为弟昆。遂空所坐堂,安居奉我欢。谁肯艰难际,豁达露心肝。
别来岁月周,胡羯仍构患⑨。何当有翅翎,飞去
堕尔前。

① 彭衙：秦邑名,在陕西白水县东北六十里,汉代在此设彭
　 衙县。

② 白水山：指白水县的山。

③ 尽室：全家人。

④ 契阔：辛勤劳苦的样子。

⑤ 同家洼：地名,在彭衙和鄜州间。

⑥ 芦子关：在唐延州境内,今陕西延安安塞西北。是陕北关
　 防要地。杜甫打算从这里向北去肃宗所在的灵武。

⑦ 孙宰：姓孙,可能当过县令,所以称宰。

⑧ 剪纸招魂：把白纸剪成条儿贴在门外,给行人招魂压惊。

⑨ 胡羯(jié)：即羯胡,种族出于中亚月支。安禄山父系是
　 羯胡。

杜甫于天宝十五载(756)带领家眷避难,从白水县

向北，经过彭衙，一路千辛万苦，到达同家洼时稍事休息，受到故人孙宰的热情招待。后继续北上，把家安顿在鄜州。这首诗是第二年回忆当初情景，寄赠给孙宰表示感谢的。

诗分两部分，前半部分描写自己一家人在彭衙道上艰难跋涉的情景。从几个角度来写：首先是夜深时，一家人还在山里跋涉，月光惨淡，谷鸟啼鸣，一路荒凉，少有人还。饥饿之时，逢人难免求食，"厚颜"之说当指这种困窘而言。其次是小儿女在这种境况下所受之苦：痴女饿得直咬人，大人怕哭声被山里的虎狼听到，在怀里捂住她的嘴，但怀抱中的孩子显然还不懂事，挣扎着哭得更凶。稍大一点的男孩强作懂事，故意到路边去采苦李子来吃。苦李非常难吃，孩子这样做，是显示他自己会充填饥肠。这样的懂事更令大人心酸。这一段笔墨非常生动，两个孩子在饥饿难忍时的不同表现各自符合其不同的年龄，与《北征》中对家人子女穿着破烂的描写相参看，可以见出杜甫五言古诗叙事描状的工细，是前无古人的。第三写道路泥泞之苦：十天里倒有五天下雨，又没有抵挡风雨的准备，路滑难行，衣单身寒。路难走得一天只能走几里。以上从夜路险恶、饥寒交迫、霖雨难行三方面说尽行路之苦以后，最后总叙一路以野果充饥、以树枝代屋、朝行泥水之上、暮投人烟而宿的惨状。这一部分写得愈是逼真，后一部分才愈能显示故人德义之高。

后半首写全家好不容易走到同家洼，受到故人孙宰热情招待的情景。也分三层来说：一是迎进门来的体恤照料，天已昏黑，点起灯来打开重重大门，又是热水洗脚，又是剪纸招魂，极尽安慰之事；二是孩子们累得一进门就睡着了，又把他们叫起来吃饭；三是把堂屋腾空了，安顿杜甫一家安居。三层叙述对应前面所说的行路之劳累、饥饿和无处住宿三层意思，便显出孙宰的款待无一不是针对杜甫一家的迫切需要而来，所以叙述较前简洁。但亦不乏精彩形容，如"众雏烂漫睡"一句写孩子们天真可爱的睡态，颇为传神。这一部分首尾赞扬故人的高义，中间穿插着杜甫的感慨和许多感激之词，诗人当时感动得涕泪交流的情状也如在眼前。

　　此诗纯写自己一家在丧乱中逃难的艰难苦况,答谢故人在艰难之际待人的豁达大度和古道热肠,但由一己之遭遇反映了整个时代动荡流离的面影。诗以叙事为体,抒情为本,充分体现了杜甫善写人情、曲折尽致的特色。

春　宿　左　省①

花隐掖垣暮②,啾啾栖鸟过。

星临万户动,月傍九霄多。

不寝听金钥③,因风想玉珂④。

明朝有封事⑤,数问夜如何。

① 左省:杜甫任左拾遗,属门下省,在禁中东侧,所以称左省,也叫左掖。

② 掖垣:宫禁的墙垣。这里指门下省。

③ 金钥:对宫门钥匙的美称。

④ 玉珂:马络头上的装饰物,多为玉制,也有贝制的。振动时

有声。又借指高官显贵。

⑤ 封事：汉代百官向皇帝上奏章，为防泄密，用黑色袋子密封，叫做封事。唐代拾遗补阙一类谏官上疏，有大事廷诤，小事上封事。

757 年十月，两京收复。杜甫十一月到长安，仍为左拾遗。这首诗作于次年春天。诗写他夜里在门下省值宿的情景：省禁墙垣的春花渐渐在暮色中隐没，寻找栖宿的鸟儿啾啾地叫着飞过。宫中的千门万户在静夜中闭锁，春星临空闪烁，月亮升上九霄。值宿的诗人夜中难寝，听着宫门是否有钥匙转动的声音，风吹着檐下的铃铎丁冬作响，令他想到明朝百官乘马上朝时玉珂的摇动声。因为明朝要上封事，所以屡次探问夜到几时，唯恐耽误了上朝。封事只是为小事进谏，诗人尚且如此郑重其事，其平时对谏职的认真负责精神也由此可见一斑了。

此诗从日暮写到将近黎明。前半首在景色的变化中，暗示时间从日暮到夜深的推移，展示出皇宫在星月照耀之下的庄严富丽气象。后半首写诗人在值宿时等待宫门开启、想象百官早朝的景象，在倾听中自然交代时间从夜深到黎明的过程。最后又归结到屡问时辰。梁陈诗人阴铿《五洲夜发》有"劳者时歌榜，愁人数问更"句，写愁人在长夜中难熬的寂寞和倦意，十分新颖。"颇学阴何苦用心"的杜甫同是"数问更"，而与他仔细聆听和分辨外面动静的心理活动结合在一起，便写出诗人一夜不寐、忠勤为国的心事，结得健举有力。

这首诗里写景较奇的是"星临万户动，月傍九霄多"两句。为讨论这一联的新意所在，先看叶燮《原诗》中有关的一大段评论：

> 可言之理，人人能言之，又安在诗人之言之？可征之事，人人能述之，又安在诗人之述之？必有不可言之理，不可述之事，遇之于默会意象之表，而理与事无不灿然于前者也。试举杜甫集中一二名句，为子析而剖之，以见其概，可乎？如《玄元皇帝庙》作"碧瓦初寒外"句，逐字论之，言乎"外"，与内为界也。"初寒"何物，可以内外界乎？将"碧瓦"

之外，无"初寒"乎？寒者，天地之气也，是气也，尽宇宙之内，无处不充塞，而"碧瓦"独居其外，寒气独盘踞于"碧瓦"之内乎？"寒"而言"初"，将严寒或不如是乎？"初寒"无象无形，"碧瓦"有物有质，合虚实而分内外，吾不知其写"碧瓦"乎？写"初寒"乎？写近乎？写远乎？使必以理而实诸事以解之，虽稷下谈天之辨，恐至此亦穷矣。然设身而处当时之境，会觉此五字之情景，恍如天造地设，呈于象，感于目，会于心。意中之言，而口不能言，口能言之，而意又不可解。划然示我以默会想象之表，竟若有内有"外"，有寒有"初寒"，特借"碧瓦"一实相发之。有中间，有边际，虚实相成，有无互立，取之当前而自得，其理昭然，其事的然也。昔人云：王维诗中有画。凡诗可入画者，为诗家能事，如风云雨雪景象之至虚者，画家无不可绘之于笔，若初寒、内外之景色，即董、巨复生，恐亦束手搁笔矣。天下惟理、事之入神境者，固非庸凡人可摹拟而得也。又《宿左省》作"月傍九霄多"句，从来言月者,只有言圆缺,言明暗,言升沉,言高下,未有言多少者。若俗儒,不曰"月傍九霄明",则曰"月傍九霄高",以为景象真而使事切矣。今曰"多",不知月本来多乎?抑傍九霄而始多乎?不知月多乎?月所照之境多乎?有不可名言者。试想当时之情景,非言"明"、言"高"、言"升"可得,而惟此"多"字可以尽括此夜宫殿当前之景象。他人共见之,而不能知,不能言;惟甫见而知之,而能言之。其事如是,其理不能不如是也。又《夔州雨湿不得上岸》作"晨钟云外湿"句,以"晨钟"为物而湿乎?"云外"之物,何啻以万万计?且钟必于寺观,即寺观中,钟之外物亦无算,何独湿钟乎?然为此语者,因闻钟声有触而云然也。声无形,安能湿?钟声入耳而有闻,闻在耳,止能辨其声,安能辨其湿?曰"云外",是又以目始见云,不见钟,故云"云外"。然此诗为"雨湿"而作,有云然后有雨,钟为雨湿,则钟在云内,不应云外也。斯语也,吾不知其为耳闻耶?为目见耶?为意揣耶?俗儒于此,必曰"晨钟云外度",又必曰"晨钟云外发",决无下"湿"字者。不知其于隔云见钟,声中闻湿,妙悟天开,从至理实事中领悟,乃得此境界也……要之,作诗者,实写理、事,情可以言,言可以解,解即为俗儒之作。惟不可名言之理,不可施见之事,不可径达之情,则幽渺以为理,想象以为事,惝恍以为情,方为理至、事至、情至之语,此岂俗儒耳目心思界分中所有哉?

叶燮这段话虽然有些偏激,但从杜诗的新颖表现中看出了一个诗歌创作的重大问题:诗歌的表现与绘画不同,不能仅仅停留在表现可见、可听的事物和可解的情理上,不能以一般的事理逻辑关系来衡量诗歌的妙悟。因此传统的"诗可入画"、或比兴寄托等等表现手段发展到一定程度,就不能满足于表现更深入的潜在意识和心理感觉的要求。也就是说,诗歌应当超出可视可闻可解的常理,去探索那些不能用概念说明的"理"、不能见到和听到的事、难以直接表达的感情。这种幽渺之理、想象之事和惝恍之情,不是屈原和李白那种上天入地的神话和夸张,而是对现实生活中的理、事、情更深入的感悟和度越常理的表现。如"星临万户动,月傍九霄多","万户"本来也可指城中的千家万户,但汉代建章宫有千门万户,杜甫又值宿禁中,所以这里指重重宫门;与此相对,九霄本来也可泛指云天,但也可指天宫,借喻宫禁。所以星月的"动"和"多"都是因"临"、"傍"宫殿而产生的感觉;星光在宫城上闪耀,"动"字突出了星光照临的动感,这种动感是诗人在值夜时不平静的心境中感觉到的;而月本不能以多少而论,但月上九霄,所照之境既多,身处宫中,如在九霄,得月也就更多。这"多"的感觉也融合了诗人在宫中值宿的荣耀之感。如果依叶燮所说,换用"明"、"升"、"高"一类词,虽然字面上是合乎常理的,但只写出了月的动态和亮度,表现不出诗人内心的微妙感情。

再看叶燮所举的另外两个例子:"碧瓦初寒外",出自杜甫的《冬日洛城北谒玄元皇帝庙》:"碧瓦初寒外,金茎一气旁。山河扶绣户,日月近雕梁。"原是形容老子庙无比高大庄严,连日月都近其雕梁,可见是高入太虚了。"初寒外"和"一气旁"的道理都是一样的,老子一气化三清，一气与初寒一样无法分辨内外，更勿论旁边了。这里把不可界分的空气和寒意实体化，是为了强调老子庙的屋顶高到了不可知的地方，这也是一种心理感觉的夸张。同样，《船下夔州郭雨湿不得上岸》说：

> 依沙宿舸船，石濑月娟娟。风起春灯乱，江鸣夜雨悬。晨钟云外湿，胜地石堂烟。柔橹轻鸥外，含凄觉汝贤。

读全诗可知这是写停船在夔州城外，下了一夜雨，早晨起来遍地雨湿，无法上岸。因为天雨云低，钟声似乎从云外传来，而因为云层中饱含水气，所以连钟声都像是被雨浸湿了。这也是为了强调内心觉得到处都是湿漉漉的感受。钟声是无形之物，当然无所谓干湿。但能变湿，就将无形变成有形了。这三个例子都是通过使用形容实物的形容词（多、湿）或表示界划的副词（内外），把无形无状的事物和感觉实体化，从字面看它们似乎文理不通，却以不合逻辑的词语组合，表现了难以名状的深层感觉。其实这种表现在后来的词里比较常见,如"砌成此恨无重数","剪不断,理还乱,是离愁"等,都是把无形之愁、恨当成有形的可剪可砌之物。虽然词里的这种表现反而比杜诗容易理解,但道理是一样的。叶燮首先发现了杜诗中的这种变化,并就此对诗歌表现的特殊性提出了高人一头的见解,使《原诗》的理论思辨接近了西方诗学的类似论述。而这种变化首先出现在杜甫诗里,却也说明杜甫已经在有意识地探索如何超越赋比兴的传统表现方式,在表现可视可听可解的常理之外,扩大诗歌的表现力,充分发挥诗的潜能,使之达到绘画、音乐、散文所不能表现的境界,显示出诗的特质。这也是杜诗艺术富有开创精神的表现之一。

曲 江 二 首(选一)

一片花飞减却春,风飘万点正愁人。

且看欲尽花经眼,莫厌伤多酒入唇。

江上小堂巢翡翠,苑边高冢卧麒麟。

细推物理须行乐,何用浮名绊此身?

杜甫回长安后，翌年（758）暮春重游曲江，作七律二首，此其一。两京收复，再见太平，杜甫的心情也由阴转晴，十分开朗。从本题的第二首诗就可以看出：

> 朝回日日典春衣，每日江头尽醉归。酒债寻常行处有，人生七十古来稀。穿花蛱蝶深深见，点水蜻蜓款款飞。传语风光共流转，暂时相赏莫相违。

昔日在胡尘中偷游曲江的伤感已经消散，代之而来的是享受人生和春天的愉悦。诗人下朝之后典卖春衣，不惜欠债以换得日日醉归，是因为人生有限，须及时行乐：七十即为古稀，何来百年？同样，春天虽好，但风光流转，相赏也只是暂时而已。因伤春而感叹人生短促，本是老生常谈，但对经过丧乱的人来说，体会之深切又不同于寻常。明乎此理，回过头来看第一首，就比较容易理解。

"一片花飞减却春"，构思新奇：春光似乎是万点花片叠加而成，所以飘落一片就减掉一片春光，妙在用加减法把不可计数的春光实物化了。于是普通的怜春惜春就变成了近乎吝啬的心态：天天在计算着多少春光被减,风飘万点自然更要愁煞人了。那将要落尽的花都一一经过诗人之眼,为解春愁不怕伤酒照样滴滴入唇,那么可以想见诗人几乎是一片落花一杯酒地在计算着还有多少春光残留了。

江上小堂寂寞无主,翡翠巢筑于其中。苑边高冢无人祭扫,石麒麟卧于其旁。从字面来看是写曲江乱后荒凉景象,感慨人事兴废。但翡翠鸟的美丽娇小和石麒麟的庞大无情,又在形象上造成对照,清晰地昭示了青春的短暂可爱和死亡的冷酷永恒。这就是杜甫要细细推求的"物理":万物兴废本是自然之理,帝王宫苑也不免变成高冢荒坟,又哪来永久的功名富贵呢?因此不必为浮名所羁束,及时享受青春才不辜负有限的人生。

此诗伤春思致新巧而命意深婉,取景既是即目又深入理趣,为杜甫七律中上品。

洗 兵 马

中兴诸将收山东[①],捷书夜报清昼同。河

广传闻一苇过②，胡危命在破竹中③。只残邺
城不日得，独任朔方无限功④。京师皆骑汗血
马⑤，回纥喂肉葡萄宫⑥。已喜皇威清海岱⑦，
常思仙仗过崆峒⑧。三年笛里关山月，万国兵
前草木风。成王功大心转小⑨，郭相谋深古来
少⑩。司徒清鉴悬明镜⑪，尚书气与秋天杳⑫。
二三豪俊为时出，整顿乾坤济时了。东走无复
忆鲈鱼⑬，南飞觉有安巢鸟⑭。青春复随冠冕
入，紫禁正耐烟花绕。鹤驾通宵凤辇备⑮，鸡鸣
问寝龙楼晓。攀龙附凤势莫当⑯，天下尽化为
侯王。汝等岂知蒙帝力，时来不得夸身强。关
中既留萧丞相⑰，幕下复用张子房⑱。张公一
生江海客，身长九尺须眉苍。征起适遇风云
会，扶颠始知筹策良。青袍白马更何有⑲，后汉
今周喜再昌⑳。寸地尺天皆入贡，奇祥异瑞争
来送。不知何国致白环㉑，复道诸山得银瓮㉒。
隐士休歌紫芝曲㉓，词人解撰河清颂㉔。田家

望望惜雨干，布谷处处催春种。淇上健儿归莫懒㉕，城南思妇愁多梦。安得壮士挽天河，净洗甲兵长不用㉖！

① 中兴诸将：指成王李俶、郭子仪、李光弼、李嗣业等。757年十月唐军收复洛阳，叛军主帅安庆绪退守邺城（今河南安阳），尚据有七郡六十余城。758年九月，肃宗命郭子仪等九节度包围邺城讨伐安庆绪。郭子仪十月渡过黄河，击破安太清的军队，收复卫州（今河南卫辉）。十一月，崔光远收复魏州（今河北大名），其他各地也都有捷报传来。山东：指华山以东。

② "河广"句：《诗经·卫风·河广》："谁谓河广？一苇杭之。"这里指官军渡过黄河。

③ "胡危"句：757年十一月，肃宗下制书："朕亲总元戎，扫清群孽。势若摧枯，易同破竹。"

④ 朔方：指朔方军节度使郭子仪。

⑤ 汗血马：汉代大宛出的千里马，出汗时肩腋下有血色液体流出，因而得名。两京收复后，回纥王子叶护回国。758年回纥又派骑兵三千来助讨安庆绪。

⑥ "回纥"句：汉元帝时单于来朝，住在上林苑葡萄宫。

⑦ 海岱：东海和泰山。《尚书·禹贡》："海岱惟青州。"

⑧ 仙仗：指当初肃宗在甘肃灵武时的仪仗。崆峒：山名，在甘肃境内。

⑨ 成王：肃宗之子李俶。收复两京时任天下兵马大元帅。乾元元年（758）三月封成王，五月立为太子。即后来的唐代宗。

⑩ 郭相：郭子仪，758年八月加中书令。

⑪ 司徒：指李光弼。757年四月加检校司徒。《新唐书》本传称其"用兵谋定而后战，能以少覆众，治师训整，天下服其威名"。

⑫ 尚书：指兵部尚书王思礼，高丽人。

⑬ 忆鲈鱼：西晋时吴人张翰在洛阳做官，见秋风起，思念家乡的鲈鱼和莼菜，遂辞官归隐江东。

⑭ 安巢鸟：汉古诗："胡马依北风，越鸟巢南枝。"

⑮ 鹤驾：周朝王子晋乘白鹤仙去，后世称太子之车为鹤驾。这里指肃宗迎太上皇玄宗还宫，以太子之礼朝见玄宗。

⑯ 攀龙附凤：指攀附肃宗和张淑妃的一班小人，如李辅国等。

⑰ 萧丞相：汉高祖丞相萧何。这里所指，有房琯、杜鸿渐等不

同说法。

⑱ 张子房：汉高祖谋臣张良。这里指张镐，即下句"张公"。他天宝十四载自布衣被征为左拾遗。玄宗奔蜀，从山谷徒步跟随。后被玄宗派往肃宗行在，拜谏议大夫。不久代房琯为相。

⑲ 青袍白马：梁朝末年有童谣"青丝白马寿阳来"。侯景作乱时穿青袍，骑白马，以应谣谶。这里喻安禄山叛乱。

⑳ "后汉"句：用东汉光武帝和周宣王比唐朝中兴。

㉑ 白环：据《竹书纪年》，传说虞舜时，西王母来朝，献白环玉玦。

㉒ 银瓮：传说神灵滋液有银瓮，不汲自满。又据古代瑞应的说法，王者能节制饮宴、刑罚公平，就会有银瓮出现。

㉓ 紫芝曲：秦末"商山四皓"作有《紫芝歌》，以示隐居之志。

㉔ "词人"句：《宋书·临川烈武王道规传》附《鲍照传》说，元嘉中，黄河济水皆清，鲍照作《河清颂》。

㉕ 淇上：淇水，今河南浚县一带，地近邺城。淇上健儿指围邺的军队。

㉖ "安得"二句：《说苑》：周武王伐纣，风停而后大雨，散宜生曰："此非妖与？"武王曰："非也，天洗兵也。"

　　杜甫的新题歌行中有一类是以议论为主的，如《塞芦子》、《留花门》、《洗兵马》等，既像新闻报道，又似时事评论。其中《洗兵马》内容复杂，时空跨度较大，更见功力。

　　这首诗所写的是两京收复之后，官军渡过黄河、围攻邺城的最新形势。安庆绪退守邺城，叛军只剩下最后一块地盘。郭子仪带领九节度已经包围邺城，加上回纥再来助战，如无意外变故，胜利指日可待。与此同时，两位天子也回到了长安，初见太平气象，朝野欢欣鼓舞，都盼望着恢复社会秩序，开始正常的和平生活。因此这首诗与《塞芦子》、《留花门》等同类作品最大的不同是：形势纷繁复杂，没有一个议论的中心事件。泛写必然流于平铺直叙，而且容易杂乱无章。即使用论文来表现也有相当的难度，更何况是篇幅有限的歌行。

　　诗题为"洗兵马"，是在没有中心事件的前提下确立的主题。这是诗人的最大愿望，也是全诗抒情的高潮所在。而要达到这一高潮，就必须组织好头绪繁乱的各种事件和感想。诗人高屋建瓴，将当时形势分为战场和长安两方面。战场方面，在渲染出捷报频传、势如破竹、叛胡危在旦夕的一片大好形势之后，重点突出郭子仪的独任之功。而关于回纥入京只是稍施笔墨，却并不肯定它的助战，反而强调满城都是回纥马，天子还喂肉葡萄宫，则杜甫对此事所藏隐患的忧虑也就不言自明了。在欢庆海岱已清的同时，诗人又从容不迫地掉转笔来歌颂前三年血战中功劳最大的四位大臣。这一段总结"中兴诸将""整顿乾坤"的功劳，是今后长洗甲兵的前提。

长安方面，百官归朝，宫城春光正好；上皇归宫，天子执东朝之礼，看来气象氤氲，秩序井然。但是攀龙附凤的小人飞扬跋扈，平叛时期以官赏功的做法已显出封爵过滥的弊端。为了与这批凭藉时运、无功受禄的新贵作对比，杜甫重点赞扬了布衣出身的宰相张镐在艰难时世中匡扶颠危、运筹帷幄的功绩。从章法看，则与前面赞扬四位中兴诸将相对应，是对三年来文官中济时功臣的表彰。这一段写作者企盼的清平政治，是今后长洗甲兵的基本保证。

在总结了武事与文治两方面的成绩和隐患之后，结尾表达了盼望太平祥瑞、让人民解甲归田的愿望。"安得壮士挽天河,净洗甲兵长不用!"自然成为诗情的最高潮。洗兵马虽是用典,但诗人设想由"壮士"来力挽天河,洗净兵器,意在使壮士不再用于战场而用于田亩,便赋予这一典故以新警的含义,并将全诗的意思收束到一个最根本的主题上,呼出了广大人民盼望和平反对战争的心声。

　　这首诗的视点从战场到宫禁,从朝廷到民间;人物从皇帝到诸将,从宰相到田家;庆功的欢忻中见出极其清醒的头脑,中兴的展望中又包含着深沉的隐忧。错综的时事和复杂的感想通过整齐对称的章法交织在一起。词气跳跃动荡,酣畅淋漓。鼓舞欣喜之情,随笔墨一气流转,直泻而下。只见精神,不见文字。议论为诗是耶非耶? 读懂此诗便可以息议。

赠卫八处士①

人生不相见,动如参与商②。今夕复何

夕③,共此灯烛光。少壮能几时,鬓发各已苍。
访旧半为鬼,惊呼热中肠。焉知二十载,重上
君子堂。昔别君未婚,儿女忽成行。怡然敬父
执④,问我来何方。问答乃未已,儿女罗酒浆。
夜雨剪春韭,新炊间黄粱。主称会面难,一举
累十觞。十觞亦不醉,感子故意长。明日隔山
岳,世事两茫茫!

① 卫八:姓卫,排行第八。处士:从未作过官的读书人。卫
八处士之名不详,是杜甫的一个旧友。

② 参与商:二十八宿中的参星(相当于猎户座)和商星(相当
于天蝎座)。东西相对,永远不会同时出现。

③ "今夕"句:《诗经·唐风·绸缪》:"今夕何夕,见此
邂逅。"

④ 父执:父亲的朋友。

　　杜甫于 758 年六月被贬为华州司功参军,这年冬天
赴洛阳,第二年春天回华州。与卫八处士会见应在洛阳

或这次行旅的途中。

与多年未见面的故人欢聚，往往会生出许多人生的感触，更何况是经过乱离的人们呢？所以一开头就将自己与故人长久不见，比作参星与商星。这一汉古诗式的比兴为全诗奠定了朴厚的基调。以下全篇都在半叙事半抒情的汉魏诗歌体式中展开，按故人见面寒暄的感情发展逻辑自然舒卷：虽然久已不通音问，但经过大乱，居然彼此无恙，乍一见面，共同对此烛光，恍若隔世，以致不知今夕是何夕了。《诗经·绸缪》所说的"今夕何夕，见此邂逅"，正好用来形容此次邂逅的惊喜。定下神来以后，才互相打量，感叹青春已逝，彼此的鬓发都已苍白。这时先想到的必然是其他同侪故旧的下落，打听之下，已多半作古，不由得失声惊呼，中肠俱热。这一节自然由喜转悲。而悲哀中可感欣慰的是在二十年后还能登上卫氏之堂。到此时才顾上计算分别的年数，反过来更可见出前面初见时激动不已、忙不迭地感叹惊呼的情状。

情绪渐渐安定，才看到故人的一家老小，想到当初分别时故人尚未成婚，转眼儿女已经成行，又是一阵感叹。"昔别"两句跳过二十年的漫长岁月，写出故人儿女忽然在眼的恍惚之感，可说是常人遇此情景都有的人生感触。儿女们怡然恭敬的神态、故人催促准备酒饭的忙乱，加上夜雨中新剪春韭的清新气息、新煮黄粱米饭的浓郁香味，构成了热情温馨的家庭氛围，又使诗人深感故人的盛情。主人连连举杯，客人不辞一醉。宾主为难得的聚首痛饮，又在欢乐中隐藏着悲伤：明日又将远隔山岳，世事茫茫难料。结尾还是归结到人生聚散无常之悲，与开头呼应。

此诗以抒情带叙事，感情随着宾主相见和主人款待的过程起落转换，悲喜更迭，情景逼真。再加使用第二人称的口吻，更觉亲切感人。盛唐诗善于从个人经历中提炼人之常情，一般见于绝句和短篇，因长诗需要铺叙，便不易简括空灵。杜甫此诗篇制较长，却句句发自诗人衷肠，而又处处关乎人情之常。因此其中不少诗句成为后人在喜遇故旧时引用的熟语。

新 安 吏

　　客行新安道①，喧呼闻点兵。借问新安吏：
"县小更无丁？""府帖昨夜下，次选中男行。"
"中男绝短小，何以守王城？"肥男有母送，瘦男
独伶俜。白水暮东流，青山犹哭声。莫自使眼
枯，收汝泪纵横。眼枯即见骨，天地终无情。
我军取相州②，日夕望其平。岂意贼难料，归军
星散营。就粮近故垒，练卒依旧京③。掘壕不
到水，牧马役亦轻。况乃王师顺，抚养甚分明。
送行勿泣血，仆射如父兄④。

① 新安：今河南新安。

② 相州：即邺城。

③ 旧京：指东都洛阳。

④ 仆射：官名，地位等同于宰相，这里指郭子仪。

　　九节度围攻邺城，安庆绪坚守不出，城内食尽，本来

官军胜利在望。但史思明从魏州引兵来邺，多方抄掠，使官军缺粮，人心动摇，然后与官军摆开阵势大战。战斗中风沙骤起，两军溃散。乾元元年（758）六月杜甫被贬为华州司功参军。第二年三月他从洛阳回华州，一路上看到相州大败所造成的兵荒马乱的景象，和官府到处征丁给百姓带来的苦难，遂写下了"三吏"、"三别"这两组传世名篇。"三吏"中《潼关吏》一篇写邺城败后，官军又在潼关修工事，以防洛阳失守之事。其余两篇都是从县吏征丁的角度反映邺城战败之后的形势。

新安吏所点的兵是未成年的中男。按天宝初兵制，二十三岁成丁，十八岁以上为中男。开头仿照《木兰诗》"昨夜见军帖，可汗大点兵"的句式，以诗人与新安吏简单的几句对话交代征发中男的原因，则这个小县里成年壮丁已被征尽的惨象便可想而知了。以下都是诗人就此事生发的感叹。

诗人的内心十分矛盾，一方面，男孩子们还没有成丁就要面对残酷的战争，无论有母亲相送还是孤苦零丁，都令人于心不忍。白水在苍茫的暮色中向东流去，孩子们和他们的亲人悲惨的哭声久久在空中回荡，仿佛连青山都在哭泣，这是以有情之景写人的无可奈何之情。另一方面，诗人又不得不含着眼泪激励他们走上战场，为国出力。只能找一些理由来宽慰他们，诸如阵地不远、旧京可依、牧马掘壕的劳役不重、王师主帅爱护士兵等等，尽量减轻中男的恐惧，把打仗说得像出操练兵一样轻松。但这些违心的安慰之词，反过来更说明征发"绝短小"的中男去"守王城"是多么不合理。

诗人的感叹均用第二人称的语气，这也是乐府民歌的本色。读来就像是诗人直接对中男及其亲人的劝慰之词，所以尤觉感人之深。

石　壕　吏

暮投石壕村[①]，有吏夜捉人。老翁逾墙走，老妇出门看。吏呼一何怒！妇啼一何苦！听妇前致词，三男邺城戍。一男附书至，二男新战死。存者且偷生，死者长已矣。室中更无人,唯有乳下孙。有孙母未去,出入无完裙。老妪力虽衰,请从吏夜归。急应河阳役②,犹得备晨炊。夜久语声绝,如闻泣幽咽。天明登前途,独与老翁别。

① 石壕:在今河南陕州东。
② 河阳:今河南孟州西,即古孟津,在黄河北岸。

"三吏"都采用问答兼叙事的写法。问答的一方都有吏,所以三篇均以"吏"为题。《石壕吏》也是以吏抓丁为题材,但内容和艺术表现尤有特色。

诗人在途中投宿石壕村,不久就遇到吏来捉人。户主老翁虽然年老不应服役,但毕竟身为男性,所以还是躲出去以防万一。事实上从杜甫所写的《垂老别》来看,老翁被抓还是有很大可能性的。而老妇之所以敢去应门,就因为她无须顾虑自己会被充"丁"。然而事情发生的结果出乎意料,最不应该被征的老妇还是被抓走了。这一事实本身就说明了朝廷不顾民生凋敝强行征兵的做法,已经发展到完全违悖常理、令人难以置信的地步。

由于老妇应门,诗人只能躲在屋里静听。所以听到的对话就自然成为叙述过程的主要手段。这种纯以听觉写事写人的艺术处理十分别致,却是"来自生活的妙手偶得"(陈贻焮《杜甫评传》),极其现成。诗人没有像《新安吏》和《潼关吏》那样成为对话的一方和抒情的主角,而是隐身在事外,成为这一荒诞的抓丁经过的见证。

全诗对话的展开也很特别。吏作为对话的一方,除了"吏呼一何怒"这句以外,没有一句言词,全是老妇一人的独白。据陈贻焮先生研究,老妇的十三句话,并不是一口气说完,而是在"吏呼一何怒"的步步进逼下一层深似一层的对答之词。这是很有见地的。这样理解,才能想象到作为对话另一方的吏没有用文字表述出来的逼问。老妇先说家里已有三个儿子在邺城当兵,其中两个已经战死。本来按惯例,古代点兵一家只征一人,而老妇三个儿子都被征,满可以免于再征,但是显然不能说服那个蛮不讲理的吏;于是只好再说家里只剩下媳妇和吃奶的孙子,还是应付不过去;最后只好拿自己来顶账,表示愿意去河阳为官军做饭。老妇的三段话委婉、机智而又颇见血性,典型地概括了百姓们在邺城之役中家破人亡的悲惨遭遇,同时也在无字处勾画出毫无人性的吏凶神恶煞般的嘴脸。

老妇的话音落后,夜里久无人声,只听得仿佛有幽咽的哭声,这是一直没有出现的儿媳在悲泣。则诗人一夜难安的情景也就可以想见。天明时"独与老翁别",老妇真被抓走的结局也不言自明。与"三吏""三别"的其他各篇不同,此诗从头到尾没有一句诗人自己的议论和感慨,但是余味无穷。王夫之曾称赞崔颢的《长干曲》"无字处皆其意",这在运用对话的民歌体抒情小诗里可以做到,叙事体诗就很难达到这一境界。《石壕吏》却通过客观地记述一个老妇的对话,包涵了文字所没有表述的许多内容和万千感慨,使对话所涉及的若干人物活生生地浮现在读者眼前。可见杜甫对于民歌创作的神理涵泳之深。不过《石壕吏》在杜甫的新题乐府里仍然是一个特例,它是杜甫善于实录亲身经历的长处与特殊的生活机遇相结合而产生的一篇杰作。

新　婚　别

　　兔丝附蓬麻，引蔓故不长。嫁女与征夫，不如弃路旁。结发为妻子，席不暖君床。暮婚晨告别，无乃太匆忙？君行虽不远，守边赴河阳。妾身未分明，何以拜姑嫜？父母养我时，日夜令我藏。生女有所归，鸡狗亦得将。君今往死地，沉痛迫中肠。誓欲随君去，形势反苍黄。勿为新婚念，努力事戎行。妇人在军中，兵气恐不扬。自嗟贫家女，久致罗襦裳。罗襦不复施，对君洗红妆。仰视百鸟飞，大小必双翔。人事多错迕，与君永相望！

　　"三别"与"三吏"反映的时事相同，但着眼于被征的士兵在与亲人离别时刻痛苦的内心活动。如果说

"三吏"是从写"事"的角度批评朝廷竭尽民力征发兵役的不合理;那么"三别"就是从写"情"的角度,描写了人民面对战争的态度和复杂的心理,以及他们对正常人生和亲情的留恋,他们为国家承担责任的勇气。杜甫的伟大就在于他能达到人性的深处,关注处身于历史灾难中的人们对生存境遇的强烈感受。这种人道精神在"三别"中得到了集中的体现。

《新婚别》写的是一个"暮婚晨告别"的新郎被征上战场前与新娘离别的情景。《杜臆》引真德秀语说:"先王之政,新有婚者,期不役政。"说明这个新婚的征夫是不应该被征丁的。这首诗从比兴的使用到叙述的口吻最有汉乐府古诗的风味。开头"兔丝附蓬麻,引蔓故不长"的比象就取自汉古诗"与君为新婚,兔丝附女萝"。"席不暖君床"的构思也出自张衡《同声歌》:"思为苑蒻席,在下蔽匡床。"再如"父母养我时,日夜令我藏"令人想到西晋傅玄的《豫章行·苦相篇》"长大逃深室,藏头羞见人"。此外,"生女有所归,鸡狗亦得将","仰视百鸟飞,大小必双翔"等,或取民间俗语,或用汉魏诗常见比兴方法。一首诗从汉魏乐府里借鉴了这么多关于婚嫁的比兴，自然就乐府风味十足了。

托为送者对行者的送别之词，也是汉代乐府和赠答诗常见的写法。而最为神似的则是诗用第一人称，以新妇的独白贯穿全篇，口吻和语气综合了汉诗中许多女主人公的表情。杜甫把汉乐府的比兴、质朴的语言和曲折尽致的抒情结合起来，创造了一个满腔怨愤而又深明大义的新妇形象。全诗语意层次分明整齐，基本上是八句一层，四层四转，先怨结婚时间太短，分别过于匆忙；再叹自己的身份都来不及确定，但礼法教育又使自己必须服从命运；继而欲随征夫同往死地，又怕影响士气，激励丈夫好好为国立功；最后表示从此洗去红妆，永远互相等待。新妇的语气由怨恨悲愤到沉痛决绝，使新婚之别的悲惨深入到封建社会女子的精神世界：从小遵从礼法教育的新妇因婚礼未明而没有在丈夫家庭立足的名分，这将使她出嫁后的生活永远失去礼的保障；而征夫将往死地，今后的"永相望"又将是无望无期的等待。死者固然可悯，而生者在精神上与死者又有什么区别呢？陈琳《饮马长城窟》中"内舍"的回答："结发为妻子，慊慊心意关。明知边地苦，贱妾何能久自全？"其实也包括了《新婚别》中新妇这一大段独白的基本意思。但杜诗表现得更加委曲婉转，淋漓尽致。《新婚别》之所以"是古乐府化境"（杨伦《杜诗镜铨》），正应从它学习汉乐府又发展了乐府表现艺术的层面去理解。

　　与《新婚别》一样，《垂老别》和《无家别》都是以第一人称的口吻代人叙事，从不同角度写出了征夫与家乡和亲人生离死别的深刻痛苦。《垂老别》：

> 四郊未宁静，垂老不得安。
>
> 子孙阵亡尽，焉用身独完？
>
> 投杖出门去，同行为辛酸。
>
> 幸有牙齿存，所悲骨髓干。
>
> 男儿既介胄，长揖别上官。
>
> 老妻卧路啼，岁暮衣裳单。
>
> 孰知是死别，且复伤其寒。
>
> 此去必不归，还闻劝加餐。
>
> 土门壁甚坚，杏园度亦难。

势异邺城下,纵死时犹宽。

人生有离合,岂择衰盛端?

忆昔少壮日,迟回竟长叹。

万国尽征戍,烽火被冈峦。

积尸草木腥,流血川原丹。

何乡为乐土,安敢尚盘桓?

弃绝蓬室居,塌然摧肺肝。

这个暮年从军的老翁,已经落到了"子孙阵亡尽"的地步,只剩一个病弱的老妻。分手时明知是死别,仍在怜惜对方衣着的单薄,互劝对方多加餐饭。所赖以安慰的只是:等死不如战死,何况死期尚宽。杜甫从垂死者的内心深处发掘出对生的留恋和对亲情的珍惜,发为自宽自解之词,这就比恸哭哀号更加伤心惨目。《无家别》:

寂寞天宝后,园庐但蒿藜。

我里百余家,世乱各东西。

存者无消息,死者为尘泥。

贱子因阵败，归来寻旧蹊。

久行见空巷，日瘦气惨凄。

但对狐与狸，竖毛怒我啼。

四邻何所有，一二老寡妻。

宿鸟恋本枝，安辞且穷栖。

方春独荷锄，日暮还灌畦。

县吏知我至，召令习鼓鞞。

虽从本州役，内顾无所携。

近行止一身，远去终转迷。

家乡既荡尽，远近理亦齐。

永痛长病母，五年委沟溪。

生我不得力，终身两酸嘶。

人生无家别，何以为蒸黎？

　　诗里的主人公是邺城之战中溃散的士兵之一。侥幸生还故里，尽管田园荡尽，仍未丧失"当春力农务"的生趣，然而就连这点可怜的愿望都被再度征发所剥夺。这个士兵回家后的情景与汉古诗"十五从军征"里的老兵遭遇十分相似。诗人或许无意于用典，但取材角度的类似，使他从邺城败卒中选取的这个人物，凝聚了古往今来无数人民的家园被战争毁灭的共同命运。

"三吏"、"三别"是杜甫创造性地运用汉魏乐府神理的杰作。汉乐府进行艺术概括的特点是抓住人情最惨酷的现象反映社会问题；建安文人诗发展了这一特色，善于从人情最反常的角度着眼，选取典型事例以反映人民的苦难。"三吏"、"三别"显然在取材上运用了这一原理。这组诗的主题是指责统治者在国难当头时，将战争的灾难全部推向人民，同时又含着眼泪激励人民支持平叛战争。《新安吏》里不够征兵年龄的中男，《石壕吏》中衰老无力的老妇，《新婚别》中"暮婚晨告别"的征夫，《垂老别》中暮年从军的老翁，《无家别》中还乡后重又被征的军人，都是不该服役而被官府强行征召的。这就集中了战乱所造成的生离死别中最不合人情的惨酷情景，从各个角度反映了由于战争的旷日持久、民间已无丁壮可征，而朝廷仍在强行征发的严重问题，更深切地表现了民不聊生的社会现状。这组诗能下千秋之泪的原因也正在此。

四、度陇入蜀(759)

乾元二年(759)七月,因关辅地区饥荒,杜甫弃官而去,客居秦州(治上邽,今甘肃天水)。从此结束了他的从政生涯,走上了后期漂泊西南的人生道路。

这一年七月到十月,杜甫携家寄寓秦州城里。这时史思明在范阳称帝,进攻河北,襄州又起叛乱。秦州位于长安和西域的通道上,使臣往返频繁,回纥兵马依然来往不断。加上受到吐蕃的威胁和骚扰,因此杜甫在秦州目睹的仍然是干戈不息的边关景象。秦州之旅虽然只有三个月,但因闲居多暇,诗作很多,题材也很广泛,忧念时事、谈古道今、即事遣兴、咏物寓意、登临观览、求田问舍,无所不有。除了继续写作《留花门》这类的新题乐府以外,写得最多的有四类:一类是感时伤乱的杂诗,以《秦州杂诗二十首》和《遣兴》组诗为代表;一类是寄托讽喻的咏物诗;一类是在远近各处游览的即兴之作;还有一类是思念亲朋的怀人之作。"万方声一概,吾道竟何之?""西征问烽火,心折此淹留。"(《秦州杂诗》)万方多难,鼓角遍野,诗人不知如何寻觅自己今后的道路;烽火连绵,田地贫瘠,秦州不能给他提供安顿晚年的乐土。诗人决定再次走上征途。

同年十月,杜甫离开秦州前往同谷(今甘肃成县)。约在十一月初到达同谷,但逗留不过一个月,为饥寒所迫,于十二月离开同谷,南下成都。自秦州到同谷以及从同谷到成都的两组纪行诗,计二十多首,按照旅途的顺序,以随物肖形、变化多端的表现艺术描绘千奇百怪的山水景物,如铁堂峡的森严深峻,青阳峡的突兀奇险,白沙渡的开阔浩漫,桔柏渡的冥漠萧飒,飞仙阁的阴沉森峭,龙门阁的险仄高危,石柜阁的绚丽爽目,法镜寺的古朴幽美,万丈潭的深幽虚明,木皮岭的秀碧清润等等,莫不象景传神,历历在目,又寄托着诗人随时触发的人生感慨,是对谢灵运山水诗的重大发展。

佳　人

　　绝代有佳人,幽居在空谷。自云良家子,零落依草木。关中昔丧乱①,兄弟遭杀戮。官高何足论,不得收骨肉。世情恶衰歇,万事随转烛。夫婿轻薄儿,新人美如玉。合昏尚知时②,鸳鸯不独宿。但见新人笑,那闻旧人哭。在山泉水清,出山泉水浊。侍婢卖珠回,牵萝补茅屋。摘花不插发,采柏动盈掬。天寒翠袖薄,日暮倚修竹。

① 指天宝十四载安禄山之乱。
② 合昏:又名合欢、夜合,叶为羽状复叶,夜里合拢。夏季开花,红色,多丝状长蕊,俗名马樱花。

　　杜甫很少写专咏美人的诗歌,《佳人》却以其格调之高而成为咏美人的名篇。关于此诗内容是纪实还是寓言，历来有很多争论。从佳人自述身世的情况看，可能有一些事实根据。她出身地位较高的官宦人家，但在安史之乱中惨遭其祸，兄弟被杀，连尸体都收不回来。后来又嫁给一个喜新厌旧的轻薄子弟，因此才在山里独居。虽然她的遭际可以反映安史之乱中达官贵人受害的一般情况，以及世情的盛衰变化，但毕竟有其属于个人的特殊性。而杜甫将这位佳人塑造成一个乱世之中少见的孤高贞洁的女子形象，很可能是根据这个人物所提供的背景，通过艺术想象加以再创造的结果。

这首诗虽不是新题乐府，却也有浓厚的汉诗风味。如开头两句化自汉乐府《李延年歌》："北方有佳人，绝世而独立。""但见新人笑，那闻旧人哭"两句吸取汉古诗"上山采蘼芜"中"新人"、"故人"的比较写法，但更凝练，以至成为后世谴责负心男子的通俗用语。"在山泉水清，出山泉水浊"也是民歌的复叠和比兴。加上佳人自诉身世的朴素叙事，使这首诗具有了一种整体高古的格调。

但全诗的高格最终还是集中在对佳人的刻画上：山中清泉见其品质之清，侍婢卖珠见其生计之贫，牵萝补屋见其隐居之志，摘花不戴见其朴素无华，采柏盈掬见其情操贞洁，日暮倚竹见其清高寂寞。"天寒翠袖薄，日暮倚修竹"两句为后人激赏，妙在对美人容貌不着一字形容，仅凭"翠袖""修竹"这一对色泽清新而寓有兴寄的意象，与天寒日暮的山中环境相融合，便传神地画出佳人不胜清寒、孤寂无依的幽姿高致，并连她所处的清雅幽绝的意境一起表现出来。

梦李白二首（选一）

死别已吞声，生别常恻恻。江南瘴疬地[①]，逐客无消息[②]。故人入我梦，明我长相忆。恐非平生魂，路远不可测。魂来枫林青[③]，魂返关塞黑。君今在罗网，何以有羽翼？落月满屋梁，犹疑照颜色。水深波浪阔，无使蛟龙得！

① 瘴疠地：指南方天气湿热易发疫病的地区。

② 逐客：指李白。758 年李白因参加永王璘的幕府，被下狱，出狱后被判流放夜郎。759 年春夏之交，他在走到巫山的途中被赦还，没有到达夜郎。杜甫此时还不知道这消息。

③ "魂来"句：《楚辞·招魂》："湛湛江水兮上有枫，目极千里兮伤春心，魂兮归来哀江南。"

　　杜甫与李白分手以后，写过不少怀念他的诗篇。到秦州后，听到李白被长流夜郎的消息，更是悲哀思念不已。《梦李白二首》、《天末怀李白》、《寄李十二白二十韵》等都是这一时期所作，可见他对李白的感情是何等深厚诚挚。

　　这是第一首。夜郎在今贵州遵义，唐代西南部最荒凉边远的流放之地。李白被判刑时已经 58 岁，今后能否生还，无法预料。杜甫不知李白此去究竟是生别还是死别，但无论哪一种情况都是令人悲痛的。所以开头两句实为全篇忧思的总领。下面强调李白所去的是江南瘴疠之地，又没有一点消息，这是生死不明。本来是自己魂牵梦萦,才梦见故人,但诗人却感谢故人深知自己的相忆之情,远道而来看望自己,又似乎是故人尚在,恍若平生。随即又惊疑路途遥远,怎能前来,恐怕来的已不是生人之魂。这又是怀疑故人已经永别。这一从欣慰变为猜疑的心理活动,既像是在梦中对故人的问讯,又像是醒后的反复思忖,诗人的思念之苦也就在这惶惑不安的心理变化中得到了充分的表现。

梦境的展开是承接"路远不可测"而来的。魂来时经过江南青青的枫树林,这是化用《楚辞·招魂》的现成意境,十分贴切。不但借原辞中的青枫江水渲染了故人魂来时千里江南的伤心春色,而且与下一句魂去时返程中黑沉沉的秦陇关塞共同构成了阴沉凄惨的意境。"黑"是夜色,但也是魂梦的昏黑混沌之境;由于关塞的"黑",使枫林的"青"也染上了阴沉凄清的感情色彩。这又是杜甫化用楚辞而自创的新境。

想到故人来去路途的遥远,诗人不禁再次产生疑问:君既身在罗网,又怎能生出羽翼自由来往? 这是将现实中的思维逻辑置于非理性的梦中。而梦醒之后唯见落月满屋,故人音容尚宛然在目,又更见梦境的逼真。最后叮嘱故人之魂平安归去,望其勿为蛟龙攫取。既是对梦中漂泊的生魂的忧虑,又是对现实中生死难卜的逐客的祝愿。梦亦醒,醒亦梦,愈是恍惚不定,诗人的忧念就愈深长。

第二首写频频梦见李白之后的感慨:

> 浮云终日行,游子久不至。
>
> 三夜频梦君,情亲见君意。
>
> 告归常局促,苦道来不易。
>
> 江湖多风波,舟楫恐失坠。
>
> 出门搔白首,若负平生志。
>
> 冠盖满京华,斯人独憔悴。
>
> 孰云网恢恢?将老身反累。
>
> 千秋万岁名,寂寞身后事!

此诗中所写的李白虽然仍是梦中的形象,但实际是杜甫对李白后半生命运的形象化的高度概括。在冠盖满京城的热闹繁华之中,只有失意的李白搔首独立,形容憔悴。虽然必将名垂万古,但身后却是何等寂寞! 这不止是对李白个人遭遇不公的感叹,其实也是夫子自道,千古之叹。

月夜忆舍弟

戍鼓断人行,边秋一雁声。

露从今夜白,月是故乡明。

有弟皆分散,无家问死生。

寄书长不达,况乃未休兵。

杜甫在秦州,几个弟弟杜颖、杜观、杜丰分散在河南、山东各地。战乱四起,下落不明。当此白露明月之夜,思念之情油然而生。戍楼上响起更鼓,可见已到夜深人静之时,同时也警醒诗人身处边关,烽火未息。人行断绝不仅是因为禁夜,更令人想到各地行人交通因战争而断绝。秋天大雁南飞是眼前之景,雁能传书,自然想到远方的兄弟。白露在阴历八月,"今夜白"说明这一夜正是白露节。虽然天下共此明月,但诗人觉得它不如故乡之月明亮,正是景随情异之故。故乡之月虽明,却已无家可问音讯,"有弟皆分散"的事实正是"寄书长不达"的原因。更何况兵革未息,家书能否寄到尚在未知。后半首句句递进,结尾与首句意思互相发明,形成呼应。

此诗音调响亮,对仗工稳,景中有情,耐人寻味。全诗顿挫有力的节奏感由静夜中的戍鼓声领起,也与句法的结构有关。"露从"两句将"白露"和"明月"拆开,以"露"和"月"置于句首,使"白"和"明"的比较分外强烈。"有弟"和"无家"的对照也在句首强调出来,声情冷峻而音节分明。所以能给人"语健而体峻"(王得臣《麈史》)之感。可说是将五律凝练精工的特长发挥到尽善尽美的典范之作,因而成为历代选本不漏的名篇。

凤 凰 台

亭亭凤凰台①,北对西康州②。西伯今寂

寁^③，凤声亦悠悠^④。山峻路绝踪，石林气高浮。安得万丈梯，为君上上头。恐有无母雏，饥寒日啾啾。我能剖心血，饮啄慰孤愁。心以当竹实，炯然无外求。血以当醴泉，岂徒比清流^⑤。所重王者瑞，敢辞微命休？坐看彩翮长，举意八极周。自天衔瑞图^⑥，飞下十二楼^⑦。图以奉至尊，凤以垂鸿猷^⑧。再光中兴业，一洗苍生忧。深衷正为此，群盗何淹留？

① 凤凰台：同谷县东南十里的凤凰山上有两块一样高的石头，形状像"阙"。传说汉代有凤凰在上面栖息，所以名凤凰台。

② 西康州：唐初在同谷县设西康州。贞观中废，改为同谷县。

③ 西伯：周文王姬昌，在商纣王时封西伯。

④ 凤声：传说周文王时有凤凰鸣于岐山。

⑤ "心以当"四句：据说凤凰非竹实不食，非醴泉不饮。竹子不常开花，更难结实。醴泉是甘美如酒的泉水。古人认为，逢太平盛世，便有醴泉从地下涌出。

⑥ "自天"句：古代传说黄帝游玄扈洛水之上，凤凰衔图置于黄帝前，帝再拜受图。

⑦ 十二楼：《汉书·郊祀志》载方士之言，说黄帝时建五城十二楼，以候仙人。《十洲记》说，昆仑山上以金子建天墉城，上有金台五所，玉楼十二所。

⑧ 凤以垂鸿猷：刘敬叔《异苑》说，晋隆安中，凤凰集刘穆之庭，韦薮谓曰："子必协赞鸿猷。"鸿猷，即大谋略、大功业。

凤凰是天下太平的象征，也是杜甫政治理想的艺术化身。他一生歌唱凤凰，赞美凤凰。《凤凰台》和晚年的《朱凤行》都是咏凤凰的佳作。

杜甫到同谷，住在凤凰台下的凤凰村（据陈贻焮《杜甫评传》考）。凤凰台为当地名胜，但诗人没有把这首诗写成览胜之作，而是以写景为寓言，将澄清海内、拯救苍生的理想化成一个到凤凰山顶寻找和喂养凤雏的寓言故事，使自己成为寓言的主人公；同时将许多关于凤凰的典故幻化成寓言中的情景，构思非常新奇。

凤凰台原与西伯姬昌时凤鸣的岐山相距很远，但都是传说中凤凰曾经栖息的地方。凤鸣是有王者兴的祥瑞，出现在西伯的时候。西伯与凤鸣的消逝说明文王之治已经不再出现。因此全诗的立意就在寻找凤凰台上可能存在的"无母"凤雏。这一构思跨越千年时空，按照大自然中禽类生存的规律，将上古虚无的传说落实到眼前的凤凰山上。凤凰台山势高峻，据说人不能至其高顶。诗人由此设想如能得到万丈高梯登上极顶，或许有饥寒的凤雏等待哺育。诗人要剖出心血来喂养它，把自己的心和血当成凤凰所需要的竹实和醴泉。凤雏养大变成凤凰，就成了王者祥瑞，所以诗人不惜为之献出自己的生命。

诗人想象当他的心血和生命注入凤雏之后，凤雏就会长出美丽丰满的羽翼，能在四方八极任意高飞。将瑞图献给至尊，为中兴大业呈祥。这个美丽的寓言故事的结尾，是融会了古代关于凤凰的好几个传说而绘成的一幅富丽堂皇的凤凰展翅图。诗人的"微命"虽然不复存在，但将在再生的凤凰中获得永恒。至此，诗人的个体生命与国家的命运已经完全合成一体。正是在这首诗里,凤凰也变成了杜甫自己的图腾。

到了杜甫去世的前一年所写的《朱凤行》里,凤凰完全成了他自己的象征:

> 君不见潇湘之山衡山高,山巅朱凤声嗷嗷。
>
> 侧身长顾求其曹,翅垂口噤心甚劳。
>
> 下悯百鸟在罗网,黄雀最小犹难逃。
>
> 愿分竹实及蝼蚁,尽使鸱枭相怒号。

或许是到垂死之年,杜甫仍未看到天下太平的征兆,他已经不再寄希望于那传说中的虚幻的凤凰,而是由自己来行使凤凰的职能了。他虽然没有同伴,不能展翅,不能开口歌唱,心中焦虑苦恼,但还是在怜悯天下陷入罗网的苍生,痛恨那些迫害弱小的恶禽。杜甫虽然无力回天,但他却是飞翔在漫天烽烟中的真正的凤凰,因为他的身上,永远闪耀着太平理想的光芒!

石　柜　阁①

季冬日已长,山晚半天赤。蜀道多早花,

江间饶奇石。石柜曾波上^②，临虚荡高壁。清
晖回群鸥，暝色带远客。羁栖负幽意，感叹向
绝迹。信甘屏孺婴，不独冻馁迫。优游谢康
乐^③，放浪陶彭泽^④。吾衰未自由，谢尔性
所适。

① 石柜阁：据《方舆胜览》，在四川绵谷县北有石栏桥，栏阁
   共 15,316 间。其中著名的有石柜阁、龙门阁。

② 曾：同"层"。

③ 谢康乐：即晋宋之交诗人谢灵运（385—433），袭封康乐
   侯。以写山水诗著称。

④ 陶彭泽：即东晋诗人陶渊明（365—427），曾任彭泽令。以
   写田园诗著称。

杜甫在入蜀途中所写纪行诗，是山水诗史上的一大
创变。就其创作原理来说，他继承了谢灵运观察细致、
如实刻画山水形貌的基本特点，但更善于概括和传神，
突出各处景物的不同特征，并能调动多种艺术表现手

法，以丰富多彩的笔调反映出蜀中山水挺特奇崛的风貌。

这首诗写诗人黄昏时分走到石柜阁时所见美景：季冬时候日影已经变长，山里的傍晚半天都被照红了。因地气和暖，蜀道山花早开，江中奇石参差；石柜阁在层层波浪之上，水光上映，高壁的倒影像在虚空中回荡；成群的鸥鸟在清朗的霞光中回翔，由远而近的暮色带来了远方的客人。"清晖回群鸥，暝色带远客"两句出语奇隽，历来为人激赏。"清晖"语出谢灵运《石壁精舍还湖中作》："昏旦变气候，山水含清晖。清晖能娱人，游子憺忘归。"谢诗这几句颇有理趣，写出了山水间的清气。杜甫诗里的"清晖"也包含了日落时山水间的波光和清气。暝色降临，一般是由远而近的。远客也是由远而近，所以像是被暝色"带"来的。此句之妙还在读者眼前拓开了想象空间，仿佛把远客推到了天边，半空的云霞和回翔的群鸥构成了极其绚丽爽目的境界。

群鸥回还，是实景，但与"远客"对应，也暗示了人与群鸥相亲的忘机之乐。景色描绘中的这点深意自然引出下文的幽栖之叹。诗人说自己虽然羁旅绝迹,但并没有搜幽讨奇之想,实在是辜负了这优美的景致。其原因是生性孱弱怯懦,不止是被饥寒所迫。所以他只好对谢灵运和陶渊明道歉:由于身体衰弱又不自由,不能效仿他们适性山水的潇洒。杜甫感叹自己没有谢灵运、陶渊明那种放浪山水、优游田园的雅趣和性情,所说的原因固然是实情,但也与他以前多次表白过的不肯"潇洒送日月"的夙志有关。无论在什么幽奇的山水中,他都没有冷然独往的意趣,因为那是与他一生忧念天下的本性相悖的。即使身居乡村田园,他也永远不可能超脱世俗,这就是他与陶、谢的根本差别。

五、定居草堂(760—765)

　　759年年底,杜甫带着全家到达成都,寄寓在西郊浣花溪畔的草堂寺。定居之初,心情比较愉快。第二年在亲友们的帮助下开始修建草堂,两年后(762)落成。由于远离战场,环境比较安定,得以过了两年轻松自在的田园生活。但经济来源主要靠故人接济,难免有拮据之处,加上长年的病痛,因此在相对平和宁静的生活节奏中,沉重的心情仍如一股泉脉时而涌现。

　　宝应元年(762),是唐王朝形势发生转机的一年。玄宗、肃宗相继去世,代宗即位,结束了李辅国、张良娣专权的局面。但与此同时,各种潜伏的危机也陆续暴露出来。首先是西北地区不太平,党项羌、吐蕃等经常侵扰边境,势逼京畿。在进讨史朝义的过程中,仆固怀恩又勾结回纥大掠东京。其次是各地武将叛乱之事时有发生,连蜀中也受到影响。762年七月就有剑南兵马节度徐知道造反。由于这一事件,杜甫先后去绵州、梓州避乱,广德元年(763)杜甫在梓州度过,听到了史朝义自杀、官军收复河南河北的消息,但仍回不了成都,遂往来于阆州、盐亭、汉州、绵州、涪城等地。直到第二年(764)春天才携家眷从阆州返回草堂。这时,杜甫已被朝廷召补京兆府功曹,也有出峡的打算。但因道路受阻,不能赴任。而他的故人、原来曾任成都尹的严武又从京城回来,担任剑南节度使,表奏杜甫为参谋、检校工部员外郎。于是杜甫便在严武幕中过了一段颇受羁束的日子。永泰元年(765)四月,严武去世。五月初杜甫决定携家离蜀。在忠州稍事停留后,于重阳节前到达云安,因病滞留下来。他在蜀中的生活也就结束了。

　　杜甫在蜀中五年多,除了中间出去避乱的一年以外,生活基本上还算安定。由于远离了政治中心和中原前线,消息传得慢,诗歌反映现实也不很及时。相对前期而言,这时的忧时伤乱之作纪实较少而议论感慨为多。但他还是一刻都没有忘记动荡不安的天下。勉励地方官员多为人民着想,愤怒地谴责那些巧取豪夺的官吏,成为杜甫漂泊西南时期最重要的诗歌主题。《送韦讽上阆州录事参军》诗说:

> 国步犹艰难,兵革未衰息。万方尚嗷嗷,十岁供军食。庶官务割剥,不暇忧反侧。诛求何多门,贤者贵为德。……当令豪夺吏,自此无颜色。必若救疮痍,先应去蟊贼!

这首诗大体可以概括杜甫同类诗歌的基本内容。以《枯棕》、《病橘》等为代表的一批咏物诗也都表现了杜甫在这方面的深刻思考。这一时期的另一个重要主题是抒写他愿为天下苍生献身的伟大精神。《茅屋为秋风所破歌》即是最有代表性的名篇。在巴蜀和朝廷遭到内贼和外患的多种侵扰时,他和以前一样迅速作出了强烈的反应:《警急》、《去秋行》、《王命》、《征夫》、《西山》、《发阆中》、《冬狩行》、《天边行》等从不同角度表达了对蜀中安危的焦虑。而《闻官军收河南河北》、《释闷》、《收京》、《伤春五首》、《有感五首》等等,则反映了安史之乱平定之后诗人由希望转为失望的思想变化过程。由于两京收复以后,政治形势愈趋复杂,历史事件也较散乱,这些作品不像早年那样集中,但他忧国忧民的激情始终没有淡薄。

在忧时伤乱之外,杜甫也写了不少抒写日常闲适心情的小诗,营建草堂、邻里来往、伤春感秋、寻觅古迹、观画论诗,种种日常生活细事都可以触发他浓郁的诗兴。诗风转为清新活泼,并出现了多样化的创新。咏物诗在秦州时期诗歌的基础上进一步发展,景物、典故、生活情景和议论感慨自如地组合在一起,尤以五言古体和七言歌行这两类最有力度。七律在这一时期已形成格律精严而流畅自由的基本特色,与七绝组诗一样成为最适合写他安居闲游情趣的形式,并出现了许多名作。在草堂写的大量漫兴类诗歌中,杜甫的喜怒哀乐总是与山水景物纠缠在一起。年年如旧的江山花鸟,在诗人丰富多彩的感情世界里,便常看常新,奇趣横生。另一方面,他又将写景状物拓展到一切幽事细物中去，在直寻客观美的同时，从心理和情绪上对各种审美感受作了细致的探索，因而往往能在精微处见境界。他的取景既能吸取齐梁诗人真切工细、巧构形似之言的特点，又能使音调、语感与形象和谐一致，表现出某种只可意会不可言传的感受和气氛。这种向内心深处探求直觉感受的创意，早在长安时期就已露端倪，到草堂诗里，才得到了充分的发展。总之，除了往返梓、阆之间的诗歌相对处于低潮以外，草堂诗是杜甫创作的又一个高峰。

江　村

清江一曲抱村流，长夏江村事事幽。
自去自来梁上燕，相亲相近水中鸥。
老妻画纸为棋局，稚子敲针作钓钩。
但有故人供禄米，微躯此外更何求？

这是杜甫在草堂定居之初的作品，诗意明白易懂，好像是把口语稍加剪裁，就成了七律：一湾清江环绕着村庄流过，长夏里江村事事都很幽静。梁上的燕子自来自去，水里的鸥鸟相亲相爱。老妻在纸上画出棋盘，小儿子把针敲弯做成钓钩。只需要老朋友能分给我一些俸禄就很满足，此外我这微贱的身躯还有什么要求？把诗翻译出来，更可以看出这诗在字面上和白话差不多。

此诗的难处也正在读起来极平易流畅而对仗却极其精工。感觉流畅是因为首尾两联的语意连接紧密自然，类似散文式的叙述口气。中间两联连词性都是严格相对，却朴素现成，自然成对。加上"自去自来"和"相亲相近"又是歌行常用的重叠对仗，语感流利。所以用轻松自在的笔调写出了杜甫此时轻松自在的生活。句调声情与诗意切合，却似信手拈来，极富潇洒流逸之致。同一时期内容和风格类似的作品还有《客至》：

> 舍南舍北皆春水，但见群鸥日日来。
>
> 花径不曾缘客扫，蓬门今始为君开。
>
> 盘飧市远无兼味，樽酒家贫只旧醅。
>
> 肯与邻翁相对饮，隔篱呼取尽余杯。

这也是一首七律，写杜甫款待客人的热诚和真率，以及宾主共饮的忘机之乐。茅舍南北都是春水，与"清江一曲抱村流"境界相同而换了一种写法，都是清幽恬静之境。只有群鸥日日自来，与诗人相亲相近。足见诗人已达到忘机的境界。鸥鸟性好猜疑，如人有机心，便不肯亲近，因此这两首诗里都描写鸥鸟与人相亲，不仅是形容江村茅舍的清静冷落，也写出了杜甫远离世间的真率忘俗。"花径不曾缘客扫，今始缘客扫，蓬门不曾为客开，今始为君开，上下两意交互成对"（《杜诗详注》引黄生评语），对得工妙。既见长日无客的寂寞，又见迎接来客的殷勤，于简朴中见高雅，语调流畅而神气。待客没有多种菜肴，家贫只有旧醅，却隔着篱笆要把邻翁也叫来一起喝。这不能不令人想到陶渊明的"过门更相呼，有酒斟酌之"（《移居》其二）。无须事先约请，随意过从招饮，是陶渊明在真率纯朴的人际关系中所领略的绝弃虚伪矫饰的自然之乐。杜甫虽然不是陶渊明，但对陶公的诗意是有深刻领会的。因此"隔篱呼取尽余杯"是以自己率真待客的方式再现了陶渊明的自然之乐。

蜀　相

丞相祠堂何处寻^①？锦官城外柏森森^②。

映阶碧草自春色,隔叶黄鹂空好音。

三顾频烦天下计^③,两朝开济老臣心^④。

出师未捷身先死,长使英雄泪满襟!

① 丞相祠堂:指成都西北郊的诸葛亮祠堂。因诸葛亮曾受封
　武乡侯,所以诸葛庙又称武侯祠。

② 锦官城:即成都城。据说因为此地有锦江,织锦在其中洗
　涤则色泽鲜明,故名锦官城。也有说此地织锦业发达,汉
　朝设锦官管理,又名锦城。

③ 三顾:诸葛亮在隆中隐居时,刘备曾三顾茅庐访问他,请他
　出山共图大业。

④ 两朝:诸葛亮先辅佐刘备,又受刘备托孤,辅佐刘禅。

　　这是杜甫初到成都时拜谒武侯祠所作的一首七律。
首二句自问自答,点明丞相祠堂所在地。“何处寻”暗

点因思其人而寻访其庙的原因。"森森"二字写出了祠堂内古柏参天、森肃静穆的气氛。这些柏树不仅是祠堂所在的标志，也是历代人民爱戴诸葛亮的见证。《古柏行》说："君臣已与时际会，树木犹为人爱惜。"可以参看。

第二联写进入祠堂后所见景色：台阶两边的春草自管自逢春发绿，藏在树叶间的黄鹂空自叫得好听。"自"与"空"二字可以互训。草木本来无情，只管年年变青，哪里理会人世沧桑？只有人才会由此触发光阴流逝、斯人不归的悲感。所以这两句是以景之无情反衬人之有情。

第三联以工整而凝练的对仗评价了诸葛亮的毕生业绩和高尚品格。上句嵌入三顾茅庐的典故，概括了诸葛亮一生为蜀主运筹帷幄、以图统一天下的功绩，说出了蜀相在三国鼎立时期建立蜀汉的历史作用。下句称赞他辅佐刘备父子的忠心耿耿，着重在"老臣心"三字，强调诸葛亮鞠躬尽瘁、死而后已的精神。"三顾"和"两朝"相对，正好包括了他的事业自三顾茅庐始，而以辅佐刘禅终的全过程。

最后两句是最感人的名句。诸葛亮一生为兴复汉室、统一天下而耗尽心血,然而功业未竟,终因操劳过度而死于军中,年仅54岁。这一事实本来就使人痛惜,更何况他那死而后已的精神留下了无可估量的影响。这正是诗人为之泪流满襟的原因。"英雄"二字兼指古往今来一切有志于为振兴国家民族而奋斗的人物。这一联概括了英雄们由诸葛亮的赍志而殁而产生的强烈共鸣,道出了他们壮志未酬、功业夭折的无穷遗恨。它那悲壮的声情不但使英雄读之泪流满襟,而且可以警顽起懦,使平庸的人读后也不禁要肃然起敬,受到精神的震动。

杜甫在巴蜀地区寻访过多处诸葛亮的遗迹,这与他思想的转变有关。安史之乱长久不得平定,肃宗猜忌功臣,信任宦官小人;平叛的将帅中也不乏恃功而生叛逆之想的野心家。杜甫经历了被贬华州的遭遇后,对皇帝的幻想已经破灭,这时更向往历史上君臣遇合的人物:"凄其望吕葛,不复梦周孔!"周公、孔子是太平时代维护君权和封建秩序的圣人,而乱世中更需要君臣契合无间、有始有终，才能风云际会，成就功业。诸葛亮正是最能体现这一理想的人物。因此杜甫凡是歌咏诸葛亮的诗篇，都包含着深刻的寓意和沉厚的感情。

戏题王宰画山水图歌[①]

十日画一水，五日画一石。能事不受相迫促，王宰始肯留真迹。壮哉昆仑方壶图[②]，挂君高堂之素壁。巴陵洞庭日本东[③]，赤岸水与银河通[④]，中有云气随飞龙。舟人渔子入浦溆，山水尽亚洪涛风。尤工远势古莫比，咫尺应须论万里。焉得并州快剪刀[⑤]，剪取吴松半江水[⑥]。

① 王宰：西蜀天宝到贞元年间画家，工山水树石，尤长于画蜀山。

② 昆仑方壶：都是传说中的仙山。据《拾遗记》，海中有三山，一名方壶，就是方丈；一名蓬壶，就是蓬莱；一名瀛壶，就是瀛洲。总称"三壶"。

③ 巴陵：即今湖南岳阳。巴陵在西，日本在东，此即言水自西
　　往东流。

④ 赤岸：说法不同，一说为瓜步山东的赤岸山，在广陵附近；
　　一说联系汉代枚乘《七发》中"凌赤岸，篲扶桑"来看，应泛
　　指远方的江海之岸。据此诗上句"日本东"来看，后一说
　　较妥。

⑤ 并州：今山西太原，以剪刀出名。

⑥ 吴松：即吴淞江，太湖最大支流，流经上海汇入黄浦江
　　入海。

　　杜甫早年已写过一些题画诗，《画鹰》、《奉先刘少
府山水障歌》都是艺术表现很有特色的成功之作。入
蜀以后，精品更多。这一首写王宰的山水图，不独神气
飞动，而且提出了重要的艺术见解，所以格外受人重视。
　　诗人首先强调王宰作画的速度之慢。十天画一水，
五天画一石，看来王宰的风格是慢工出细活。唐人山水
多画于壁，倘是壁画，这样的速度也不算太慢。但从
"挂君高堂之素壁"句来看，应该是画在绢上，那么就是

青碧山水一类要花工夫的作品了。而如此之慢，不但见其认真严肃、不肯苟且的创作态度，也可以见出他的性情涵养，以及须从容构思、细致刻画才能尽其"能事"的艺术作风。

这样画出的真迹，果然不同凡品。其山，似乎从西天的昆仑直到东海的方丈；其水，似乎从巴陵的洞庭直到日本的东洋。浩瀚的洪波激荡赤岸、上通银河，风涛之中若有云龙腾飞。《庄子·逍遥游》说姑射山有神人，乘云气，御飞龙，而游乎四海之外。可见水势已到天地四海之外。以上都是夸张画中山水气势的壮阔，却并没有说明这画上究竟画的是什么。直到"舟人渔子入浦溆，山水尽亚洪涛风"这两句，读者才悟出图上画的是渔人乘船进入水浦，风涛所向山木披靡的情景。

由于观画者从图上感受到的首先是壮阔的气势，所以自然得出"尤工远势古莫比，咫尺应须论万里"的赞语，这既是对画的评价，也是精辟的画论。正因王宰之画的神妙在于咫尺万里，所以前面形容图中山水，也莫不是从"远势"着眼。将杜甫的写画和论画联系起来看,画有远势,就意味着必须脱略形似,画出气势;画家能够思接千载,视通万里,才会在有限的尺幅之中给人无限的想象。中国绘画艺术中的这一重要理论正是杜甫在这首诗里首先提出的。

诗题是"戏题",所以结尾是戏语。杜甫见到如此水势,不禁想到少游吴越的情景,于是把画上的水面看成是吴淞江,希望有一把快剪刀将它剪下来。这大概是讨画的玩笑,但剪水的妙思却在有意无意中开启了一种新巧的构思:本是剪画,因画太逼真,就像直接剪水了。这是原意。但剪的动作却把流动不定、无法把握形状的液态的水固体化了。进一步的发展就是李贺的"欲剪湘中一尺天,吴娥莫道吴刀涩"(《罗浮山人与葛篇》),连气态的天也可以剪了。这也可以说是杜诗艺术的新创影响后世的一个典型例子吧!

春 夜 喜 雨

好雨知时节,当春乃发生。

随风潜入夜，润物细无声。

野径云俱黑，江船火独明。

晓看红湿处，花重锦官城。

俗话说："春雨贵如油。"春天大家都盼望及时雨，但要把人们这种常见的心情贴切入微地表现出来，却很难下笔。诗的开头称赞好雨知道该下的时节，而且是正当春天最需要雨的时候，喜悦之情已形于笔墨之间。这雨不但来得及时，而且来得柔和细润。"潜"字以人情化的动词，形容雨在夜里趁人毫无察觉时悄悄地随风而来，再以"细无声"进一步描写它细细地滋润着万物，悄无声息。这就在无声之处，把雨的连绵滋润之态写出来了。真是传神入化之笔。

这细密的春雨既听不见，也看不见，田野道路和天上乌云都是一片漆黑，唯有江船的渔火闪着一星亮光。这又是以开阔的夜景拓开看不见的雨势。等到早晨起来看远近鲜红湿润的花丛，只觉得锦官城里的花儿都显得沉甸甸的，色泽也更浓重了。"重"字写花儿饱含雨水的感觉,能使人想象出花枝经受不起花朵分量的情状。说明这雨整整下了一夜,已经下透了。

平常之景最为难写,能写难状之景如在目前,且如此真切入微,令人如入其境,只有大诗人能够做到。

江　亭

坦腹江亭暖[①],长吟野望时。

水流心不竞,云在意俱迟。

寂寂春将晚,欣欣物自私。

故林归未得,排闷强裁诗。

[①] 坦腹:《晋书·王羲之传》:"时太尉郗鉴使门生求女婿于(王)导,导令就东厢遍观子弟。门生归,谓鉴曰:'王氏诸少并佳,然闻信至,咸自矜持。惟一人在东床坦腹食,独若不闻。'鉴曰:'此正佳婿也!'访之,乃羲之也,遂以女妻之。"

　　明清推崇陶渊明、王维的一派诗论往往批评杜甫缺乏"泠然独往之趣"，即缺少陶、王诗中优游自适、澄怀观道的意趣。此论不无道理。但杜甫并非不懂此趣，只是没有那种高蹈出尘的环境和志向而已。当他在草堂得到暂时的安宁之后，同样能体会山水田园中的玄理。《江亭》就是一个例子。

　　王羲之坦腹东床，向来被当作择婿的典故，这里虽是取"坦腹"的字面，但也写出了和王羲之同样放达的姿态。春暖时坦腹江亭，长吟诗篇，眺望田野，这不很像谈玄说理的东晋文人那种超然闲静的风姿吗？在观览自然时体会到水流不滞、心亦不竞，闲云自在、意与俱迟的理趣，不正与陶、王同样具有淡然物外、优游观化的理趣吗？"水流"两句是人所称道的佳句，即使放在陶、王诗里，也是上品。心随水流，容与不迫；意如闲云，随其飘止，这正是山水田园诗派所表现的纯任自然的意趣。陶渊明说："云无心以出岫，鸟倦飞而知还。"（《归去来兮辞》）王维说："行到水穷处，坐看云起时。"（《终南别业》）与杜甫这两句诗的内涵一样，都表现了人心与云水的默契,在造化中得大自在的顿悟。

　　暮春之时,光阴将晚。时间的流转是自然之道,万物欣欣向荣,都各自在造化中得其所适。这也正是王羲之所说"大矣造化功,万殊莫不均。群籁虽参差,适我无非新"(《兰亭诗》其二)的道理。所以"寂寂"两句亦可谓得道之语。然而杜甫并没有因为参透这些玄理而达到乘化委运的境界,这是他和陶、王的根本区别。所以结尾还是回到了不能返归故乡的苦闷中。"故林归未得"其实还是借用陶渊明"羁鸟恋旧林"之意,然而陶意在归隐弃世,杜意在关怀时世,内涵大相径庭。可见杜甫虽然在短暂的安定生活中产生过"焉得思如陶谢手"(《江上值水如海势聊短述》)的愿望,终究不能甘心地"潇洒送日月"(《自京赴奉先县咏怀五百字》)。类似《江亭》这样的作品也就只能是偶一为之而已。

水槛遣心二首(选一)

　　去郭轩楹敞[①],无村眺望赊。

澄江平少岸，幽树晚多花。

细雨鱼儿出，微风燕子斜。

城中十万户②，此地两三家。

① 轩楹：廊柱。这里指草堂水亭等。

② 十万户：当时成都有十六万户以上，这里举成数言之。

　　此题诗有二首，这是第一首。此诗写从草堂水亭远眺的景象。草堂离城郭较远，水槛轩廊敞亮；前面没有村子挡住视野，可以眺望远方。江水清澄，几处已与岸平；树林清幽，晚来见花更多。这两句"少"与"多"相对，写出雨中春水慢慢上涨的情势，以及远近林色渐暗、处处春花的薄暮景色。细雨中鱼儿冒出水面，微风中燕子上下斜飞。这两句以体物工细而成名句，妙在借鱼和燕的动态表现风雨之细微。叶梦得《石林诗话》说得好："此十字，殆无虚设。雨细着水面为沤，鱼常上浮而淰，若大雨，则伏而不出矣。燕体轻弱，风猛则不能胜。惟微风乃受以为势，故又有'轻燕受风斜'之语。""出"字抓住鱼儿露头的片刻,写出细雨着于水面,鱼嘴伸出来唼喋小水泡的可爱情状;"斜"字抓住燕子斜飞的姿态,写出燕子乘风借力滑翔的轻松自如,是近观之景。最后以城里十万家的繁华与此地两三家的清旷形成对照,全诗在清幽疏朗的意境中透出活泼的动趣。虽没有一句抒情,而诗人在远眺时心神散朗、怡然自得的心态可以想见,"遣心"之意自含于景中。

与"细雨"一联可以参看的还有杜甫写于草堂的《江涨》:

> 江涨柴门外,儿童报急流。
>
> 下床高数尺,倚杖没中洲。
>
> 细动迎风燕,轻摇逐浪鸥。
>
> 愚人萦小楫,容易拔船头。

这首诗中所写江涨的水势既急又大,听得儿童急报,才下床水已高数尺,刚拄杖水已没过中洲。燕子迎风飞翔,掠过水面,水浪微动而燕子不惊;水鸥浮泛水中，波浪轻摇，而鸥鸟从容闲适。可见这时风并不大，但已波平水满。这两句同是写微风中燕、鸥的自在动态，但"细雨"句的背景为一般的和风细雨，这却是江水猛涨之后风浪微涌的浩大水势。"轻摇""细动"的已不是鱼燕的动态，而是水浪，所以燕已不是无须着力的借势斜飞，而要迎风而上；鸥虽自在，还是在逐浪嬉戏。可见燕、鸥的着力稍过于"细雨"句中的鱼、燕，诗人就在这分寸不同的力度把握中，写出了春江水涨时大小不同的水势。

江畔独步寻花七绝句(选一)

黄四娘家花满蹊①，千朵万朵压枝低。
留连戏蝶时时舞，自在娇莺恰恰啼②。

① 黄四娘：杜甫的邻居。蹊：小路。
② 恰恰：唐人口语，意为"正好"。

本题是由七首绝句合成的组诗，写了诗人在附近江边独步寻花的几个不同的地方。本诗是第六首,写得最热闹:去黄四娘家的小路上满是盛开的鲜花,千朵万朵把花枝都压低了。流连忘返的蝴蝶时时起舞,自由自在的黄莺恰好在这时叫起来。整首诗没有形容繁花的绮词丽语,"黄四娘家"好像白话,"千朵万朵"是口语的复叠,加上"时时""恰恰"两对叠字,句法十分通俗。但"千朵万朵"的数量和"压枝低"的重量,便足以见出争相怒放的花朵重重叠压的盛况;蝶舞莺歌则更从旁烘托出繁花招蜂惹蝶的欢快气氛:一路繁花,一路莺啼,一路蝶舞,充满了活泼的生趣,春光好像要满出这条小路似的。

只看这一首诗,还不能充分了解杜甫惜春爱花的心理。这组诗里,写花的角度是多种多样的。如其五:

> 黄师塔前江水东,春光懒困倚微风。
> 桃花一簇开无主,可爱深红爱浅红。

黄师塔是佛师的骨灰塔,禅师已故,而江水照样东去。春光亦如游人,慵懒地倚在微风之中。桃花一簇,寂寞无主，但盛妆亭立，风韵无限，让人不知是爱深红呢？还是爱浅红呢？诗人有点应接不暇了。当然，与东流的江水和黄师塔相对照，还可以体味出这可爱的红色只是一时之盛的些微禅意。如果再看其七，景物内含的惆怅就更清楚了：

> 不是爱花即欲死，只恐花尽老相催。
>
> 繁枝容易纷纷落，嫩蕊商量细细开。

不是爱花真想立即去死，可见爱花如同生命；只是担心花要落尽，时光也就催人老去。花和人一样，盛极必衰，只是这个过程更短、更明显而已。所以诗人劝说繁花：越是繁盛越容易凋落，嫩蕊尚待盛开，更要好好商量细细地开放，不要一下子都落完吧！语气中流露出诗人对花的满怀怜惜之情，也正是对一切盛极而衰的事物（包括人生在内）的深深感喟。由于从不同角度表现了人的诗兴，各处的景物也就被赋予人的情趣，显出不同的风貌，杜甫这类游春惜春诗的新巧构思也是草堂诗的一个重要特色。

绝句漫兴九首（选三）

眼见客愁愁不醒，无赖春色到江亭。
即遣花开深造次，便教莺语太丁宁。

手种桃李非无主，野老墙低还是家。
恰似春风相欺得，夜来吹折数枝花。

熟知茅斋绝低小，江上燕子故来频。
衔泥点污琴书内，更接飞虫打着人。

漫兴之意，即兴之所至，随意写成，不作刻意修饰。这种率然成篇的作品在杜甫漂泊西南时期数量不少，但并不因为是"漫兴"就写得漫不经心。这组诗的构思就很见匠心。诗应作于到草堂的第二年春天。这里选的前三首都是写惜春之情，但反而以恼春、怨春的口气表现出来，所以分外新鲜别致。

其一埋怨春色明明看见自己陷在客愁中，愁得醒不过来，还是贸然来到了江亭。来了以后马上就打发花儿开了，实在匆忙。又让黄莺说个没完，真是啰嗦。全诗的口气是把春色写成一个不请自来的不速之客，丝毫不解人意，一味地来烦扰自己。"造次"是责备人冒失打扰的词语，这里用于春色，怨花开得太快，没和自己商量；"丁宁"也是形容人反复嘱咐的动词，这里用于黄莺，嫌它聒噪，都把春色拟人化了。本来要表现的是自己在不胜客愁的情况下，看到春色匆匆来临更加惆怅的心情。诗人却把这层意思说成自己对春天的来临毫无思想准备，把一腔春愁变成怨气，朝着春色发泄，春色成了顽皮的无赖小儿，反而更见风趣。

如果说其一还是埋怨，那么其二则干脆是"拉着春光吵架"（废名先生语）了。诗人气愤地和春光讲理："这是我亲手种的桃李，哪是没有主的呢？野老家墙头虽低，好歹还是个家啊！怎么倒像是该给春风欺负的？为什么平白无故地半夜里吹断了我几枝花？"与第一首联系起来看，更加有趣：本来就被你这春光搅得够不耐烦的了,现在居然把我的花都吹坏了。难道我是那么好欺负的吗？看来诗人是真的动气了,看他那架势,一副不依不饶的样子,再想想他吵架的对象,原来是春风!谁能不为这位诗老的风雅莞尔而笑呢？

刚和春风吵完架,诗人又找上燕子的麻烦了。其三指责燕子说:这江上的燕子怎么就知道我的茅斋最矮小,故意频频地到我这儿来捣乱。衔来的泥点污了我的琴书,还因为捕捉飞虫用翅膀不断地打着人!春天似乎接二连三地给诗人带来烦恼,但在诗人与春光不断的纠缠口角之中,又明明可以体味出他对春花莺燕的怜惜和喜爱。而在这埋怨、吵架、指责中,春天便经历了花开莺语的盛时、风吹落花的凋零、莺去燕来的时节变换。诗人癫狂放达的神态也宛然目前。

春愁秋悲,是古来诗歌的永恒主题,四季更迭,容易引起光阴流逝的感慨,何况是乱中客居。"二月已破三月来,渐老逢春能几回?"(其四)正因人生的春天已没有几回,所以更珍惜春天,而愈是珍惜,就愈是怕春天过去。于是来得太快的春天反倒引起诗人的愁怨,这或许就是惜春反而变成怨春的心理依据吧！而从艺术表现来看，江山花鸟年年如旧，人情物态随时而变，只有深入开掘内心世界、又善于捕捉新鲜感受的诗人，才能不断地在"旧识"中发现新情，创造出丰富多彩的艺术境界。这组漫兴诗可说是一种打破常规写法的成功尝试。

和裴迪登蜀州东亭送客
逢早梅相忆见寄[①]

东阁官梅动诗兴[②]，还如何逊在扬州[③]。

此时对雪遥相忆，送客逢春可自由。

幸不折来伤岁暮，若为看去乱乡愁。

江边一树垂垂发，朝夕催人自白头。

① 裴迪：盛唐诗人。与王维兄弟关系密切。王维之弟王缙大约于上元元年（760）任蜀州刺史，时间不长。裴迪此时随之来蜀州。

② 东阁：即蜀州东亭。官梅：官种之梅。

③ 何逊(？—518)：字仲言，东海郯(今山东郯城西)人。梁代诗人，作过尚书水部郎、庐陵王记室等。善写山水行旅诗。有《何记室集》。何逊在任建安王记室时，在扬州写过《扬州早梅》诗："兔园标物序，惊时最是梅。衔霜当露发，映雪凝寒开。枝横却月观，花绕凌风台。朝洒长门泣，夕驱临邛杯。应知早飘落，故逐上春来。"

　　据邓绍基先生考证，李峘乾元二年(759)被贬为蜀州刺史，高适于上元二年(761)任蜀州刺史，中间只有上元元年(760)一年王缙可能在蜀州任刺史，裴迪与王维兄弟交厚，来蜀州当是追随王缙之故。杜甫在蜀州，曾与裴迪唱和。回到草堂后闲居多时，得到裴迪寄来的《登蜀州东亭送客逢早梅相忆》诗，遂写了这首和诗。

　　这是一首七律。首联写和诗之缘由，是因为收到裴迪的诗。称道蜀州东亭的官梅引动了裴迪的诗兴，裴迪咏早梅的情景就像梁代诗人何逊在扬州写早梅诗一样。何逊是杜甫一向钦佩的诗人，曾经有诗说自己"颇学阴何苦用心"。这里把裴迪比作何逊，是对裴迪雅兴和诗才的称许。虽然裴迪在唐代并无多高的诗名,但与王维经常唱和,长于山水田园诗,风格与同样善写山水行旅的何逊都属于清新一类。两人所咏早梅,又都是官家亭台旁的梅花。隋代以前,扬州治所在建业。据钱谦益考《寰宇记》,风亭、月观(即何逊诗里所说"却月观、凌风台")、吹台、琴室都在建业(今南京)宫城东角池侧。所以把两人相比很恰当,也很文雅,可以令人根据何逊的诗来想象蜀州的早梅。

颔联揣度裴迪在写诗时对雪思念自己的情景,扣住裴迪诗题为"送客"时逢早梅的意思。这两句把见梅花说成是"对雪""逢春",是因为齐梁以来,多以雪比梅花。"逢春"典出东晋陆凯的一首小诗:"折梅逢驿使,寄与陇头人。江南无所有,聊寄一枝春。"从"官梅""东亭送客"等词来看,裴迪见梅时可能有公务在身,所以杜甫问他"可自由",这就更见出裴迪对梅相忆的情谊是多么深厚,同时也替裴迪解释了没有折梅送给自己的理由。如仇兆鳌所说:"玩第三联语气,必裴诗有不及折赠之句,故答云幸不折来,免伤岁暮。"一句亲切而体己的问话,自然引出第三联的思乡之愁。

颈联就裴迪未及折梅之意反过来发挥,庆幸裴迪没有寄梅,否则更要乱了自己的乡愁。梅开在冬季,如何逊诗说"惊时最是梅",所以会引起岁暮之感伤,而岁暮犹在客中,自然更要添上乡愁。但"看去乱乡愁"又能使人隐约看到梅花乱落的情景,南唐李后主《清平乐》:"别来春半,触目愁肠断,砌下落梅如雪乱,拂了一身还满。"以落花如雪之乱烘托纷乱的愁情,有助于理解"乱"字。何逊诗结尾说"应知早飘落,故逐上春来"。可知诗人确是从折梅想到了落梅的。但这一联并没有正面描写梅花,而是纯以岁暮思乡之情映带梅花。所以杨德周称此两句,"必如此,方不堕咏物劫"。

尾联才画出江边一树梅花和一个老翁。据杨慎说:梅花开放皆下垂,故云垂垂。虽然裴迪没有寄梅,免了一时的伤感,但这里江梅渐发,朝夕对之,同样是要催人白头的。梅开如雪,与白头相映,岁暮之感,催人老去。总之是无计可以消愁了。

这首诗看来只是酬答裴迪赠诗,感谢友人忆念之

情，同时抒发岁暮之感，意思表达得很朴实，除了第三联
稍有曲折外，全诗似乎平直道来，并无深意。但前三联
在抒情中都暗含前人咏梅的名作，使人通过这些典故联
想到早梅从初发到飘落的经过、折梅寄春的雅兴。到最
后明写的一树梅花和一个老翁，才把前三联中一直纠缠
在一起的抒情和咏物分离开来，使酬答中暗映的梅花在
结尾亮相。所以黄生赞"此诗直而实曲，朴而实秀，其
暗映早梅，婉折如意，往复尽情，笔力横绝千古"。王元
美亦认为古今咏梅第一。咏物诗自齐梁兴盛以来，一直
以刻画形貌为工，发展到初盛唐，以兴寄为上。咏物诗
也是杜诗的一个大宗，注重传神写意是杜甫咏物的基本
特色。但这首诗的写法又更特殊：全诗将所咏之物隐
藏在抒情之中，藉暗含的典故来引起对物的联想。这种
手法对李商隐的咏物诗有一定影响，所不同的是李商隐
把多个典故组合起来咏物的时候，往往割裂句意之间的
自然联系，不免流于晦涩。姜夔的咏物词显然从这首诗
得到启示。《暗香》以抒写迟暮之感为主线，化用一系
列典故，在昔日与情人赏梅的韵事的回忆中，烘托出梅

的清香和高致，是成功之作。但这种写法难度很大，所咏之物，使人如雾里看花，终隔一层。姜夔咏物被批评为"隔"，正是他擅长运用典故传物之神的基本手法决定的。因此即使是高手，此法亦不宜多用。

茅屋为秋风所破歌

八月秋高风怒号，卷我屋上三重茅，茅飞渡江洒江郊。高者挂罥长林梢①，下者飘转沉塘坳②。南村群童欺我老无力，忍能对面为盗贼，公然抱茅入竹去，唇焦口燥呼不得，归来倚仗自叹息。俄顷风定云墨色，秋天漠漠向昏黑。布衾多年冷似铁，娇儿恶卧踏里裂。床头屋漏无干处，雨脚如麻未断绝。自经丧乱少睡眠，长夜沾湿何由彻？安得广厦千万间，大庇天下寒士俱欢颜，风雨不动安如山。呜呼！何时眼前突兀见此屋③，吾庐独破受冻死亦足！

① 罥(juàn)：挂结。

② 坳：低洼处。

③ 见：同"现"。

　　杜甫定居在草堂，茅屋是他赖以安顿生活的地方。茅屋被风吹破，便使他失去了安居最起码的条件，所以全诗把茅屋为秋风所破的过程和后果写得非常严重。一开头就展开秋高天广、狂风怒吼的景象，迅速进入主题：风把屋顶上的三层茅草都卷走了。可见风力之大，来势之猛。屋顶不但卷得彻底，而且卷走的茅草连收都收不回来：许多飞过江去洒落在江边，要去捡必须过江；高的挂在树林的枝梢上，当然是够不到；低的飘落在低洼处和水塘里，又湿了没法用；剩下能捡得到的一些茅草还被南村的孩子们公然抱进了竹林。这就难怪诗人急得骂这些孩子欺负自己衰老无力、忍心当面做贼了。孩子们淘气，当然不理会诗人经营草堂的辛苦。而诗人朝他们喊得唇焦口燥也叫不回来，又活画出一个对顽童无可奈何的老人焦躁的神情。顽童的调皮和诗人的愤怒形成幽默的对照,神情十分生动。

茅草收不回来的恶果一会儿就尝到滋味了:狂风停止之后云层变得墨黑,昏昏的天色马上就暗下来。"秋天漠漠"句和"八月秋高"句前后呼应,再次展现出秋天的辽阔广漠,让人感到狂风和大雨的无边无际以及人在大自然威力下的弱小和没有保障。失去遮蔽之所的人们如何渡过这凄风苦雨的夜晚呢?诗人家里的布被用了多年冷得像铁一样,儿子的睡相不好又把被里踏破了。旧被本来已不足以御寒,更何况因为屋漏,床头淋得透湿,没有干的地方,雨又下得像麻线一样没有断过。这一夜怎么熬到天亮呢?这一段虽是些琐事的絮叨,却能让人清晰地想见诗人独坐床头、仰天长叹的凄苦情景。

由于前面生动细致地描写了茅屋被风吹破后诗人的生活雪上加霜的情景,最后一段感想的升华才能产生激动人心的感染力。长夜不眠中,诗人想到自经丧乱以来已经渡过多少个不眠之夜。就在这暂时安定下来的日子里,他还是不能享受免于饥寒的正常生活,那么普

天之下那些比自己更加困苦的人们又将如何呢？于是
"安得广厦千万间，大庇天下寒士俱欢颜"的愿望，也就
自然在杜甫这所风雨飘摇的茅屋里产生了。

诗人多次在诗里展示过愿为拯救苍生而牺牲自己
的伟大情怀，而这首诗之所以特别感人，就是因为"各
使苍生有环堵"（《寄柏学士林居》）的愿望来自他自己
的痛苦生活体验。他也曾在其他诗里多次表现出推己
及人的可贵精神，而这里表露的却不是为了一己的安定
和幸福。为了穷苦人的幸福，他可以献出自己的一切，
哪怕是"吾庐独破受冻死亦足"！正因如此，全诗才能
在冰冷暗淡的氛围之中闪耀出理想的光芒，标志着杜甫
思想所达到的最高境界。

枯　棕

蜀门多棕榈①，高者十八九。其皮割剥甚，
虽众亦易朽。徒布如云叶，青黄岁寒后。交横
集斧斤，凋丧先蒲柳②。伤时苦军乏，一物官尽

取。嗟尔江汉人③，生成复何有？有同枯棕木，
使我沉叹久。死者即已休，生者何自守？啾啾
黄雀啅④，侧见寒蓬走。念尔形影干，摧残没
藜莠⑤。

① 棕榈：常绿乔木，叶基部有毛，包在树茎上，成为棕毛，剥下
来可制绳、刷等物。

② 蒲柳：即水杨树，又名蒲杨，落叶乔木，生于水边。容易生
长，衰谢也快。古人常用来比喻人的早衰。

③ 江汉：指西汉水，即嘉陵江。这里代指蜀中。

④ 啅：同"啄"。

⑤ 藜莠(yǒu)：泛指野草。藜即灰菜。莠即狗尾草。

　　杜甫从秦州开始大力创作即物寓讽的咏物诗，定居
草堂时期又朝讽喻时事的方向发展。《枯棕》是其中思
想最深刻的一首。

　　棕榈是蜀中常见的一种树，十之八九都很高大，但
诗人看到它的皮被剥得太多，不由得感慨这样下去，即

使树再多,也容易枯朽。为了说明棕榈枯死完全是因为割剥之故,首先把它被剥之前和被剥之后的情况作一个对比:棕榈树原来枝叶如云、生机蓬勃,岁寒之后还能保持青黄色,说明它本是一种耐寒的生命力比较顽强的树木。但是割剥的斧子纵横交错地集中在它身上,竟使它的凋丧比早衰的蒲柳还快。这一强烈对比已经有力地证明:再强的生命力,也经不起无休止的割剥摧残。然后简明地点出割剥的现实原因:就是因为时代动乱,军队物资缺乏,一样东西只要被官府发现有用,就搜取罄尽,棕榈自然也就在劫难逃了。

一般的作者,把意思说到这一层,也就差不多了。但杜甫却没有停留在这个层面上,而是进一步把枯棕的命运和江汉百姓联系起来。感叹他们从出生以来便一无所有,就像这枯棕木一样。诗人虽然没有具体揭露他们被割剥的情形,但前面已将枯棕被割剥致死的过程和原因写得非常形象,则百姓们被官府搜刮一空的主旨就极其明确了。

由于这无休止的割剥,死者即使已不再受罪,生者还是无以自我保护。这里的"生者""死者"语带双关，既指枯棕，也指百姓。所以最后又回到枯棕死后的悲惨情景：黄雀啾啾地叫着啄枯棕的棕毛，一团团棕毛好像寒风中的飘蓬。枯棕形影完全干枯之后，最终被摧残毁灭，落得一个埋没草野的下场。结尾的描绘既像是哀挽枯棕的一个尾声，又像是另借比兴作结：黄雀在汉魏古诗里是容易落入罗网的喻象，寒蓬在汉魏古诗里是漂泊不定的喻象。因此最后四句也让人联想到惨遭割剥的百姓最后的命运，不是落入牢笼、流落他乡，就是埋没荒草。但诗人并没有明确点出，含义似在有意无意之间，反而更加发人深思。

"剥削"是一个现代的概念，而"割剥"的意思与剥削完全相同。杜甫是第一个明确地用"割剥"这个词来比喻官府对人民的剥削搜刮的诗人。尽管他对封建统治性质的认识与今人尚有差距，但这样深刻的认识在古代已属罕见。因此这首诗的思想意义是值得特别重视的。与其他侧重在议论的咏物诗相比，这首诗的感情色彩显得格外浓烈。尤其后半首，使用一系列感叹词来连接句意,如"伤"、"苦"、"嗟尔"、"沉叹"、"念尔"等。加上问句和感叹句,读起来长吁短叹,悲悯之情溢于言表,所以格外感人。

遭田父泥饮美严中丞

步屧随春风,村村自花柳。田翁逼社日,邀我尝春酒。酒酣夸新尹①,畜眼未见有。回头指大男,渠是弓箭手②。名在飞骑籍③,长番岁时久④。前日放营农⑤,辛苦救衰朽。差科死则已⑥,誓不举家走。今年大作社⑦,拾遗能住否⑧?叫妇开大瓶,盆中为吾取。感此气扬扬,须知风化首。语多虽杂乱,说尹终在口。朝来偶然出,自卯将及酉⑨。久客惜人情,如何拒邻叟?高声索果栗,欲起时被肘。指挥过无礼,未觉村野丑。月出遮我留,仍嗔问升斗。

① 新尹：即严中丞，严武。761 年十二月，严武以京兆少尹兼御史中丞出任成都尹。这首诗约作于 762 年春。

② 渠：他。弓箭手：唐代兵制，选择勇敢的武士当"番头"，习弩射。

③ 飞骑：唐代兵制，羽林军有飞骑，也习弓弩。

④ 长番：唐代兵制，士兵一万五千，分为六番，按次序更替。长番是长时间没有更替的兵役。

⑤ 放营农：从军队里放回家来务农。这是严武当成都尹以后的德政。

⑥ 差科：各种在长番以外的杂差。

⑦ 作社：春天举行社祭。

⑧ 拾遗：官名。负责向皇帝进谏。这里是称呼杜甫以前的官职。

⑨ 卯、酉：古代记时，一天分十二时辰，用"子午卯酉"等表示。每个时辰大约两小时。卯指早晨五点到七点。酉指下午五点到七点。

　　关于这首诗的写作背景，陈贻焮先生《杜甫评传》曾作过比较深入的分析：杜甫在 762 年开春曾写过一篇《说旱》的短文,指出当时川泽干旱,尘雾飞扬,路人面如菜色,田家人人愁痛;称赞严中丞下车伊始,便开始改革军郡政治和地方弊俗;并陈述了几点自己的建议,其中有一条说在东西两川军队里服役的兵丁家里有老父老母需要奉养的,家里的赋税应当有所减免。这些建议有的被严武采纳,有些长期在军中服役的兵丁被放回家务农了。这首诗里邀请杜甫喝酒的"田父"就是直接受到这一好处的农民。了解这一背景,就可以比较切实地理解杜甫在诗里流露的喜悦和赞美严武的原因。

全诗的情绪是欢快而又带着几分幽默的。所以一开头就写得很轻松:诗人穿着草鞋随着春风到处行走,各村都是桃红柳绿的美好春色。这时遇到一个田翁,因为邻近社日,邀请自己去家里喝酒。以下直接记叙田父喝得高兴时夸赞新尹的大段独白:原来他有一个在飞骑军里当弓箭手的儿子,多年来当没有替换的"长番",服役这么久,前天被放回来务农侍奉衰弱的老亲了,这可是以前想都不敢想的好事啊!所以田父感激得发誓:以后什么杂差都愿意当,就是死也不会逃避。有了这样

的喜事,今年要大大地举办一番社日的祭祀活动,希望
杜甫也能和大家一起乐一乐。说得高兴了,又让妻子开
了大瓶,拿瓦盆给端了酒来。读到这里,就可以明白诗
人为什么被田父的意气扬扬所感动了。"须知风化首"
一句是意味深长的,古人认为地方的太平以风化为首,
要求民风纯朴,安分守己,本来是从教化百姓的角度出
发的;杜甫却从这件事看出:长番放还务农只不过是改
革了一件弊政,田父就为此感激涕零,以至赌咒发誓甘
心承担各种杂役,可见百姓的要求是多么低啊!如果说
这就达到了教化的标准,那么风化的首要条件是官吏必
须以德化民,满足农民安居养亲的基本生活要求。诗人
对严武的赞扬也是从这一角度出发的。虽然杜甫的考
虑仍未脱离封建国家的根本利益,但把民众的基本生活
保障放在风化的首位,还是难能可贵的。

　　在借田父之口简要地说明赞美严中丞的原因之后,
下面主要是写田父招待杜甫的无比热情:不但大盆敬
酒,不断叫拿下酒的果栗,而且从早上一直喝到晚上,月
亮出来了还不让客人走。后半首刻画田父的声音笑貌

极其生动：喝得有点儿醉，话也杂乱无序了，但还是语不离赞美新尹。说话大喊大叫，指手划脚，按着客人的胳膊不让起身，最后还因为杜甫问他喝了几升几斗而生气了。所有的"村野"动作、"无礼"指挥，都只显出田父的热情和淳朴，所以杜甫丝毫不觉其丑，而只觉得可亲可爱。而这种对邻叟真情的珍惜，又尽化为描写田父动作的幽默口吻，加上使用了许多适合田父身份的口语和俗语，如"叫妇开大瓶""渠是弓箭手"等等，使声态更加活灵活现，读之令人绝倒。

闻官军收河南河北

剑外忽传收蓟北①，初闻涕泪满衣裳。

却看妻子愁何在？漫卷诗书喜欲狂！

白日放歌须纵酒，青春作伴好还乡。

即从巴峡穿巫峡②，便下襄阳向洛阳③。

---

① 剑外：剑门以南。蜀地在剑门南，所以代指蜀。蓟北：指

唐代幽州蓟州一带,今河北省东北部,是安史之乱的发源地。

② 巴峡:有多种解释,一说指湖北巴东县西的巴峡,即三峡之一。但巴峡在巫峡之东,出川应先巫峡后巴峡,所以有其他解说。一说指四川东北部巴江中的峡;一说泛指渝州以下川东峡江地带。巫峡:长江三峡之一,在重庆巫山东。

③ 襄阳:今湖北襄阳。杜甫祖上徙居在此。洛阳:这句下面有原注:"余田园在东京。"唐代东京即洛阳,又称东都。

762年十月,官军进讨史朝义,收复洛阳。第二年正月,史朝义兵败自缢,部下投降。河南河北相继收复。杜甫虽然远在剑外,但因密切关注着时事,很快就得到了消息。八年来无时无刻不在盼望的喜讯一旦变成了现实,诗人的精神几乎受不住这巨大的冲击,所以第一个反应是热泪滚滚而下:多少年动荡流离的生活,多少个忧愁凄苦的长夜,多少军民流淌的鲜血,都涌到了眼前,都将要结束了!怎能不教人喜极而泣呢?在激情的狂澜稍稍平息之后，他才想到赶快和妻儿共同分享这无限的喜悦，回过头来看他们，也早就和他一样，脸上的愁云一扫而空了。动乱结束，第一个长期深藏在心里的愿望自然冒出来：从此可以过上安定的日子，那么当然是回到自己的田园去。诗里自注"余田园在东京"，回乡的目标自然是洛阳了。所以欣喜若狂地马上把散乱的诗书卷起来，"漫卷"是一种无目的、无意识的动作，未必真的要立刻收拾行李，只是兴奋得不知做什么好，这就把"喜欲狂"的心理和神态惟妙惟肖地描画出来了。

抑制不住的狂喜使诗人的想象霎时间就飞出了剑外，仿佛已经在灿烂的白日下放歌纵酒，在明媚的春光里结伴还乡了。马上就可以从巴峡穿过巫峡，直下襄阳再到洛阳！展望中的旅程是多么美好，又是多么平易坦荡！实际上从剑外到洛阳，路途很远，巴峡巫峡、襄阳洛阳四处相距也不近，但在归心似箭的诗人笔下，简直就像朝发夕至那么容易、那么快速，原因就在四个地名之间，用"即从""穿""便下""向"这一连串表示指向和快速的动词和虚词连成一气。全诗的气势也自然随之而一泻千里了。

　　一般而言,悲哀之情容易动人,喜悦之情难以描状。杜甫的悲是积压已久的大悲,所以一旦遇到大喜,就会爆发出感天动地的力量,突破七律严谨格律的束缚,气势如乘奔御风,节奏像瀑水急湍,语调如歌哭笑吟,将久经丧乱之后听到战争结束时的狂喜强烈地表达出来,因而千百年来不知打动了多少乱世中流亡者的心。

释　　闷

　　四海十年不解兵,犬戎也复临咸京①。失道非关出襄野②,扬鞭忽是过湖城③。豺狼塞路人断绝,烽火照夜尸纵横。天子亦应厌奔走,群公固合思升平。但恐诛求不改辙,闻道婴孽能全生④。江边老翁错料事,眼暗不见风尘清。

---

① 犬戎:西周时的部族之一,常侵扰镐京,最后灭周。这里借

指吐蕃763年攻入长安之事。

② "失道"句：《庄子·徐无鬼》：黄帝将往具茨之山见大隗，到襄城之野后迷失了道路。

③ "扬鞭"句：《世说新语·假谲》：王敦大将军叛逆，驻军姑熟。晋明帝着戎服，骑马带一根金鞭，暗中查看王敦军营动静。《晋书》的《明帝纪》和《王敦传》说：明帝微行到芜湖，在湖县（今安徽当涂）暗察王敦军营。以上都暗指唐代宗广德元年（763）为躲避吐蕃出行陕州一事。

④ 嬖（bì）孽：指宦官程元振。唐代宗在陕州，削去程元振官爵，令其归田。广德二年正月，又将他流放，最后在江陵府安置。

官军收复河南河北以后，形势并不像杜甫预计的那样乐观，而是出现了更加混乱的局面。763年，朝廷发生了许多事，如西边有回纥登里可汗归国时部众一路杀人抢劫；南边有浙东袁晁领导的二十万农民起义被镇压；而直接威胁朝廷的是吐蕃掠取了河西陇右的全部土地，随即入寇泾州，率领党项羌、氐、吐谷浑二十多万部众直逼长安，唐代宗毫无防备，逃奔陕州，六军四散。吐蕃将长安抢掠一空,还重立新帝,改了年号,设立了百官。幸有郭子仪整顿军队,才将吐蕃赶出长安。当时朝廷外有吐蕃之乱,内有宦官专权,程元振作威作福,陷害有功将领。吐蕃入寇,因为他没有及时进奏,才使代宗狼狈出逃。朝廷内外切齿痛恨,大臣上疏请斩其首,但代宗却以为程元振保护有功,只削去官职,放还田里,后来因他私归长安才判其流放。这首诗在诸多事件中,主要选择了吐蕃和程元振两件事,也是因为这两件事交错在一起,在当时几乎等于第二次安史之乱。

在写这首诗以前,杜甫已作过《伤春五首》、《收京》等反映长安陷落的一些诗篇。而这一首七言排律,则是纯为慨叹和议论,重点放在对天子的嘲讽。所以一开头就把吐蕃入京一事放在"四海十年不解兵"的大背景上来说:打了十年仗,不但没有结束的时候,反而连犬戎也来凑热闹了。真是怪事!犬戎临咸京,作为西周覆灭的历史典故,说明吐蕃入京的严重性质是不亚于犬戎灭周的。但诗人却用"也复"两字,语气中流露出几分苦涩,还有几分挖苦。接着评论代宗被犬戎所逼、出奔陕州，说他这回出去可不像黄帝迷路，倒像是晋明帝微服扬鞭去查看造反的王敦军营。这样说，还算给代宗留了点面子，其实代宗的狼狈是连晋明帝也不如的。

代宗既出奔在外，那么他应该看见到处都是豺狼塞道、行人断绝、烽火彻夜、尸骨纵横的景象。"豺狼"指各地叛乱的武将和入侵者。这幅景象已不止是就眼前的动乱而言，也是对"四海十年不解兵"的后果的一个高度概括，朝廷难道不该对这样的局面负责吗？所以下面用教训的口气说：连你当皇帝的也该厌倦了奔走流离的生活，大臣们当然更应该想想如何才能恢复太平。这话不但说得无奈，而且包含着明显的言外之意：就算不为百姓考虑，只是替你们自己着想，也该想想办法怎么让天下安定下来吧？就怕大乱平定你们还是不记教训，照样搜刮征敛，不思改过。眼前程元振这样的专权小人居然还能保全性命不就是一个典型例子吗？这样下去，国家还能有什么希望呢？诗人只有叹息自己对时事估计错误，老眼昏暗，再看不到风尘平息的日子了。

这首诗以讽刺天子为主，也横扫了祸国殃民的乱贼、宦官和群臣。从陕州事件着眼,总结了十年不解兵的根本原因,在于天子昏庸、文贪武暴、诛求不厌。与他以前那些同样具有高度概括力的作品相比,这首诗的特点在于语气很怪。连用了"也复""非关""忽是""亦应""固合""但恐""闻道"等许多连接虚词,使对仗严格的七言排律一气流转,以无奈、嗔怪、讥嘲、愤慨等不断变换的口气,表达出对现实失望到极点的心情。

登　　楼

花近高楼伤客心,万方多难此登临。

锦江春色来天地①,玉垒浮云变古今②。

北极朝廷终不改③,西山寇盗莫相侵④。

可怜后主还祠庙⑤,日暮聊为梁甫吟⑥。

① 锦江:岷江的支流。从四川郫县流经成都城西南。

② 玉垒:山名。四川有两处玉垒山,一在理番县东南新保关,一在灌县西北。这里指理番县的玉垒山,是蜀中通往吐蕃

的要道。

③ 北极：北极星。比喻北方的朝廷。

④ 西山寇盗：指吐蕃。

⑤ 后主：蜀汉的刘禅。吴曾《能改斋漫录》说，蜀先主庙，在
成都锦官门外，西挟即武侯祠，东挟即后主祠。后来蒋堂
在蜀为帅，认为刘禅不能保全国土宗庙，才除去后主祠。

⑥ 梁甫吟：据《三国志·蜀志》，诸葛亮在隆中躬耕时，好为
《梁父吟》。古乐府里有《梁父歌》。

长安陷落后不久，郭子仪收复京师，代宗复归其位。
此诗借登楼所见感慨时事，是一首后世传诵的名作。

题为"登楼"，而登楼所见远远超出视野之外：花近
高楼使人伤心，是因为春光再度，而诗人依然客居在外。
在天下多难之际登临此楼，心情不言而喻。开头两句起
势极其高远。首句虽是眼前之景，但次句以"万方"作
为登临的背景，立即拓出远势，将整个多灾多难的时代
都拉到了眼前。有此起势，下面才能展开更加壮阔的境
界：锦江的春色铺天盖地而来，玉垒山的浮云自古至今

不断变化。这两句以江水和山云、天地和古今相对,囊括时空,笔力雄壮,不但以"俯视宏阔、气笼宇宙"(王嗣奭《杜臆》)的气象为后人激赏,而且蕴含着深刻的寓意:天地春来,与"花近高楼"照应,是亘古常新的江山;古今浮云,与"万方多难"照应,是变化不断的时事。玉垒山在蜀中和吐蕃的交通要道上,浮云飘游不定,是写实景,也是象征捉摸不定的时势变化。就当时而言,刚收复长安,吐蕃又新陷三州。就长远来看,从初唐以来,唐与吐蕃以及周边民族的关系也一直处于反复不定的状况。但是诗人没有因此失去春色常在的信心。因此下面再以"北极朝廷"和"西山寇盗"作一层人事的对比:最近的胜利说明尽管吐蕃不断相侵,朝廷如北极星永远不会移动,春色照常会降临人间,其实又隐含着对今后局势的深忧。以上六句,一、三、五句就朝廷春色而言,意脉相连;二、四、六句就寇盗侵扰而言,互相生发;利用七律的严格对仗形成同一意思的三层对比,而这三层的艺术表现分别采用兴、比、赋三种手法,诗人登楼是兴起伤感之情,登楼所见是景中寓比,联系时势是直陈其事。这就使两排对仗又形成横向的层次变化。

结尾从远观收束到眼前：后主的祠庙就在武侯祠近旁，应是登楼所见。"还祠庙"一句费解。有的注家解为可怜后主还有祠庙，这样讲，潜台词就是代宗连后主还不如。但"还"的字意与"祠庙"的配合不符合古诗句法，意思也与前面"北极朝廷"句矛盾。愚以为"还"应作"回还"解，刘禅死于洛阳，而且乐不思蜀，不过他的祠庙却在蜀中。这句意思是可怜后主人已不归，只有神主回到了他的祠庙。这里是因见后主祠而感叹刘禅亡国的下场，并由此想到蜀亡就是因为诸葛亮已死。如果联系现实来看，固然有批评代宗信任宦官如刘禅信任宦官黄皓之意，但恐怕更多的还是哀叹现在已经没有诸葛亮这样的人物。《梁父吟》是诸葛亮躬耕南阳时所吟。诗人日暮时吟起这首诗，一方面是怀念孔明，另一方面也有希望朝廷能起用贤才之意。作于此前不久的《伤春五首》其三说："不成诛执法，焉得变危机？……贤多隐屠钓，王肯载同归？"就是批评代宗不肯除掉乱政的程元振，不能起用隐藏在民间的贤人。可以参看。

但此诗写得更为含蓄。

叶梦得《石林诗话》说:"七言难于气象雄浑,句中有力,而纡徐不失言外之意。自老杜'锦江春色来天地,玉垒浮云变古今'与'五更鼓角声悲壮,三峡星河影动摇'等句之后,常恨无复继者。"一语道尽了这首诗难有后继的原因。

绝 句 四 首(选一)

两个黄鹂鸣翠柳,一行白鹭上青天。

窗含西岭千秋雪,门泊东吴万里船。

这是四首中的第三首,是尽人皆知的名篇。首先好在绘景鲜明:黄鹂和翠柳、白鹭和青天,色彩清亮明丽。"两个"和"一行"的数字搭配现成而讲究:前句在柳枝上点缀,后句在青天上排行,构图与色调都很精致,可以入画。而更妙的是后两句在窗框和门户中取景,由近见远。西岭之雪千年不化,永恒的雪景凝固在窗框里;门口的河通向东吴,船行自然去到万里之外。一静一动,都启人远思。范成大《吴船录》说:"蜀人入吴者,皆从合江亭登舟,其西则万里桥。杜诗'门泊东吴万里船',此桥正为吴人设。"

从门窗中取景的表现手法,早在晋宋之交的山水诗人谢灵运诗里就已经出现。"群木既罗户,众山亦对窗。靡迤趋下田,迢递瞰高峰。"(《田南树园激流植援》)将室外的众山、群树、坡田、远峰都罗会在门窗之前,以见出"不出户,知天下"(《老子》)的理趣,也为后代的山水诗开启了从窗户庭阶吐纳外界景物的表现角度。杜甫虽然不追求山水中的玄理,但巧妙地吸取了这种取景手法,使窗含和门泊形成两个小小的画框,虽是纳景于庭户之内,诗中展现的时空却拓展到千秋万里之外。思致和构图都非大谢可比了。

丹青引赠曹将军霸

将军魏武之子孙①,于今为庶为清门②。

英雄割据虽已矣，文采风流今尚存。学书初学卫夫人③，但恨无过王右军④。丹青不知老将至，富贵于我如浮云⑤。开元之中常引见，承恩数上南薰殿⑥。凌烟功臣少颜色⑦，将军下笔开生面。良相头上进贤冠⑧，猛将腰间大羽箭。褒公鄂公毛发动⑨，英姿飒爽来酣战。先帝天马玉花骢⑩，画工如山貌不同。是日牵来赤墀下，迥立阊阖生长风⑪。诏谓将军拂绢素，意匠惨淡经营中。斯须九重真龙出，一洗万古凡马空。玉花却在御榻上，榻上庭前屹相向。至尊含笑催赐金，圉人太仆皆惆怅⑫。弟子韩幹早入室⑬，亦能画马穷殊相。幹惟画肉不画骨，忍使骅骝气凋丧。将军善画盖有神，偶逢佳士亦写真。即今飘泊干戈际，屡貌寻常行路人。途穷反遭俗眼白，世上未有如公贫。但看古来盛名下，终日坎壈缠其身！

① 魏武：魏武帝曹操。曹霸是曹操曾孙曹髦的后裔。曹髦擅长书画。

② 庶：唐玄宗末年，曹霸得罪，被贬为庶民。清门：没有官职。

③ 卫夫人：晋人，名铄，字茂猗。汝阴太守李矩之妻。尤其擅长隶书。东晋永和五年（349）去世。王羲之少年时曾向她学习书法。

④ 王右军：王羲之，字逸少。起家秘书郎，后任右军将军。各种书体皆工。

⑤ “丹青”二句：《论语·述而》：“其为人也，发愤忘食，乐以忘忧，不知老之将至云尔。”“不义而富且贵，于我如浮云。”

⑥ 南薰殿：唐代长安皇宫南内兴庆宫的内殿，玄宗的住所。

⑦ 凌烟：唐太宗贞观十七年（643）在凌烟阁内画功臣像二十四人。

⑧ 进贤冠：古代朝见皇帝的一种黑布制的礼帽。原来是儒者的服饰，唐代成为百官朝服。

⑨ 褒公鄂公：褒国公段志元，鄂国公尉迟敬德。都是凌烟阁功臣。

⑩ 玉花骢：骏马的名字。骢，青白色的马。

⑪ 阊阖：神话传说中的天门，这里指皇帝宫门。

⑫ 圉人：专给皇帝养马的官吏。太仆：掌管皇帝车马的官吏。

⑬ 韩幹：盛唐时著名画家。早年曾向曹霸学习，后独创一家。官至太府寺丞。擅长人物，尤其善于画马。玄宗和各王府中的名马，韩幹都画过。

    在杜甫的近二十首咏画诗中，《丹青引》是最负盛名的一篇。它不仅记叙绘事堪称"古今题画第一手"（仇兆鳌《杜诗详注》引申涵光语），而且借画家一生的遭际，照见安史之乱前后世情变化之一斑，寄托了治乱兴衰的深沉感慨。这首诗与《释闷》写于同一年，这一时期，对时势的极度失望，使杜甫格外怀念开元盛世的太平景象。曹霸是开元时的著名画家，大乱之后流落到成都，勾起诗人的无限感触，便写了这首诗赠给他。

    开头先从曹霸家世的盛衰说起。起得苍莽浑涵，笔势跌宕雄健，仅用两番大起大落的对比，就从曹氏家族几百年的变迁自然地转入曹霸的书画之事。接着简略地介绍曹霸的艺术生涯，微妙地暗示他学过书法，未成名家，才转为学画。而他的人品则是不慕荣华富贵的，所以能潜心艺术创作。"不知老将至"、"富贵于我如浮云"几乎是照搬《论语》的原话，却妥当贴切，轻巧自如。

开元时曹霸已有盛名，经常应玄宗之召入宫画图。其中修缮凌烟阁是曹霸参与过的一件大事。太宗时画的功臣像日久褪色，经曹霸下笔重摹旧像，人物逼真，有面色如生之感。"别开生面"一语既是赞曹霸画人生动，又兼指其画艺别有新创。因此后来变为成语。凌烟阁二十四功臣，如果一一描写，必定不能讨好。杜甫只用四句诗点出良相之冠和猛将之箭，区划出文武两班功臣的不同特点，然后选择褒公、鄂公这两幅最有特色的画像，称其毛发如动，英姿飒爽，望去仿佛仍在拼搏厮杀，其余画像的生动也就不难想见。这几句大笔写意，如云中之龙，仅见一鳞一爪而首尾俱在。语气粗犷，几近白话，但与画上人物气质极为协调，曹霸质朴雄健的画风也宛然可见。

最能体现曹霸绝技的还是画马。这篇歌行的高潮也在此处。所以诗人先不厌其详地渲染画成之前的气氛：以同一匹玉花骢为范本，尽管画工多如山积而画出来的样子都不一样，想来天马之雄骏确非凡手可得。真马未至，先造成此马难画的悬念。待牵来以后，只见它卓立殿前，即使处于静态，也给人以万里生风之感，又进一步点出画家要捕捉住此马轩举飞动的神采尤其不易。然后再一气写出曹霸接旨拂绢、凝神构思、须臾而成的作画过程，抓住画成之时观众还来不及从画家的神速动作中反应过来，就顿觉天下凡马尽皆失色的最初印象，便以"笔所未到气已吞"（苏轼《王维吴道子画》）的力量烘托出"一洗万古凡马空"的气象，使画马跃然纸上。

接着，诗人又从画成之后的艺术效果来描写画中之马的神似。榻上庭前两马屹立相对的错觉说明画马可以乱真。皇上和马官的不同反应又巧妙地点出画马的神骏连真马都难以超过。写到这里，诗人笔锋忽然一转，又拉出韩幹作为陪衬。韩幹是曹霸的入室弟子，也不是凡手，尚不能画出骅骝的气骨，更可见曹霸的高超连名手都无人能及。韩幹画马形体肥壮，是皇帝厩马的真实写照，也反映了唐人普遍以丰腴为美的欣赏标准。但杜甫此处语带抑扬，一则是以韩干画肉反衬曹霸画骨之长，二则也与他偏爱气骨峥嵘、瘦硬传神的艺术趣味有关，这种强调骨力的主张和他在《戏题王宰画山水图歌》里强调气势的观点相通，对于中国绘画理论的发展有重要意义。

诗的最后感叹曹霸如今的落魄。空有绝艺在身而如此潦倒困苦，不但无人同情，反遭世俗白眼，这个"不解重骅骝"的"人间"（《存殁口号二首》其二）是多么势利啊！所以诗人不禁为画家大呼不平："但看古来盛名下，终日坎壈缠其身！"结尾与开头呼应，把曹霸的荣辱和时世的盛衰相联系，寄人尽其才的希望于升平之治。这是贯穿全诗的一个重要思想。杜甫在另一首写曹霸的《韦讽录事宅观曹将军画马图》里说："君不见金粟堆前松柏里，龙媒去尽鸟呼风！"金粟堆是唐玄宗的泰陵所在之山，龙媒即骏马。这两句喟叹人才随着玄宗的亡故和盛世的消逝而湮没，可与《丹青引》的意思相发明。但诗人没有局限于一味怀旧，而是由此推及古往今来的才士盛名之下往往困顿失意的普遍规律，就使诗歌境界升华到富有现实批判意义的高度。

这首诗借丹青以赞才杰，由人事而及时事，融精辟的艺术见解于传神的咏画技巧之中。无论写人写马，只从神气着墨，与曹霸画骨传神的笔意可谓相得益彰。所以宋人洪迈说：读此等诗，可不待见画，"直能使人方寸超然，意气横出"（《容斋五笔》）。

宿　　府

清秋幕府井梧寒[1]，独宿江城蜡炬残。

永夜角声悲自语，中天月色好谁看？

风尘荏苒音书绝，关塞萧条行路难。

已忍伶俜十年事，强移栖息一枝安[2]。

---

[1] 幕府：764 年，严武再次来到成都，任剑南节度使，推荐杜甫任节度参谋、检校工部员外郎。

[2] 一枝：《庄子·逍遥游》："鹪鹩巢于深林，不过一枝。"

　　杜甫初入严武幕中时，虽然受到礼遇，但年老多病，每天进谒参见，处理俗务，颇感羁束，亦不免难堪。《宿府》便流露了这种伤感的心情。

　　诗里写的是杜甫夜宿幕府的凄清之感：清秋的夜晚，井边的梧桐都透着寒意，这是时节和景物带来的清寒。独自住宿在江城的幕府里，蜡烛都快烧尽了。暗夜孤栖的滋味分外凄凉。徘徊在月光下无以自遣，悠长的号角声更增添了无限愁绪。角声传递的是战争的声音，所以勾起"关塞萧条行路难"的忧思；月光洒落的是深沉的乡情，所以引起"风尘荏苒音书绝"的长叹。更何况"音书绝"和"行路难"的状况延续了十年，本来已经到了让人难以忍受的地步，诗人却说"已忍"，说明还要继续忍受下去。这就更见出内心强自克制的痛苦：如今在幕府里当差，不正是勉强自己像胸无大志的鹡鸰一样，暂借一枝栖宿，继续忍受这种看不见希望的生活吗？后半首对仗工整而句意递进，"一枝"与首句"井梧"之景呼应，"栖息"与次句"独宿"之情呼应。前半首触景生情，景中含情，结尾化典为情，而情中见景。

这首诗里"永夜角声悲自语，中天月色好谁看"两句的句法特殊，向来有争议。七言句一般是四、三节奏，词组划分和顿逗一致，而这两句中"悲"与"好"从句意看应属于前半句，意思是长夜里传来的号角声分外悲凉，诗人不觉自言自语起来。当空的月亮那么好，又有谁和自己一起观看？如归入后半句，"悲自语"尚勉强可通，可解为角声似在自语，"好谁看"就不能形成一个合乎语法的词组。于是从词组来看，实际上形成了五、二的划分。但从读法来看，后三字又仍可连读。"悲"字和"好"字成为可上可下的活字。诗人之所以大胆地破坏常见节奏，采用这种特殊句法，目的是强调角声的悲和月色的好所引起的无人可与自己交流的孤独感。为强调某种感觉而突出某些字词，也是杜甫诗歌句法创新的技巧之一。

禹　庙

禹庙空山里①，秋风落日斜。

荒庭垂橘柚,古屋画龙蛇[2]。

云气嘘青壁,江声走白沙。

早知乘四载[3],疏凿控三巴[4]。

① 禹庙：在忠州临江县，今重庆忠县，南过岷江二里。

② 橘柚：《尚书·禹贡》："岛夷卉服，厥篚织贝，厥包橘柚锡贡。"龙蛇：《招魂》："仰观刻桷，画龙蛇些。"《孟子·滕文公下》："禹掘地而注之海，驱蛇龙而放之菹。"

③ 四载：传说大禹用四种乘载的方式治水：水乘舟，陆乘车，泥乘辑，山乘樏。

④ 三巴：刘璋分巴，以永宁为巴郡，固陵为巴东郡，巴郡为巴西郡，称为三巴。

永泰元年（765），杜甫离开蜀中，先到忠州。秋天过禹庙，遂有此作。

这是一首精严的五律。四联按履迹所至，写禹庙内外景色及大禹治水的功绩，层次分明。先是秋天黄昏来到禹庙的景象：古庙坐落在空山里，人迹稀少可想而知,加上秋风萧瑟、落日西斜,越发显得冷落。然后进入庙内,只见荒芜的庭院里橘柚还垂着果实,古旧的墙壁上尚有龙蛇的图案。这两句化用大禹贡橘柚、驱龙蛇的典故,分取古屋内外之景,先以"荒"和"古"概言外庭和屋内的大环境给人的荒凉古旧的基本印象,然后分别在两个空间里选择两种有生命的物象:橘柚是巴蜀最常见的果木,橘黄的鲜明色彩本身就是对荒庭的富有生机的点缀;龙蛇是与禹庙和水有关的图画,其驱驾云水的姿态给死寂的古屋带来飞动的想象。构图妙在荒凉静寂之中仍见郁郁生气。

"云气嘘青壁"句本来是写云气拂过青翠的崖壁,与"江上走白沙"都是写庙外景色。"嘘"字和"走"字用拟人化的动词,形容青壁上淡淡的云气好像嘘出的哈气,隆隆的涛声从白沙上滚过,逼真而有气势。同时"云气"句因紧承"画龙蛇"句,又让人产生云气出自画壁之间的错觉,使禹庙内外的空间连成一片,仿佛庙内龙蛇所生的云气飘到了江面上。于是结尾把视野进一步拓宽到三巴的广阔空间就极其自然了:早知大禹用乘四载的方法治水，是意念中的景象，而他在三巴疏导江水凿石开山的遗迹则是今日亲见。四载与三巴，以虚想的人事对实际的地势，概括大禹在此地治水的辛劳和功绩，数字妙对，极为精警。

一首五律仅四十字，不但写尽禹庙坐山面江的地势，荒庭古屋的风景，大禹治水的功劳；而且意境苍凉，气势雄壮，意味深长。诗中始终没有出现诗人的形象，也没有抒发任何感想。但在忠州禹庙荒凉而又富有生气的景物之中，处处浮现出大禹仍然活在荒山古庙和三巴山水间的精神，使人产生无穷联想。

旅 夜 书 怀

细草微风岸，危樯独夜舟。

星垂平野阔，月涌大江流。

名岂文章著，官应老病休。

飘飘何所似？天地一沙鸥。

此诗作于自渝州到忠州的旅途中。

系舟于微风吹拂的青草岸边，只有孤独的桅杆高高耸立。这是一个天高气清、春风微薰的静夜。星空低垂，平野广阔无际；大江奔流，月影在波浪中翻涌。这两句一写岸上，一写水中，可与王维的"大漠孤烟直，长河落日圆"相媲美。描写极其壮阔高朗的空间，轮廓勾勒愈是简括，形象就愈是鲜明，王维和杜甫显然都深知这个道理。大漠和孤烟、长河与落日、星星与平野、月亮和大江，都只是简单地勾勒了它们的几何形状和相互垂直的关系，便展开了辽阔无边的境界。构图的原理虽然相同，二者的意境却差别很大。王维只展示了一幅壮丽的大漠落日图，而杜甫在景物构图中暗寓着很深的含义：星空平野使人想到宇宙的永恒，月影江流则令人想到时间的流逝。在如此广阔的时空中，细草、危樯更显得渺小孤独。这就自然令诗人联想到自己的身世：声名可以使人永恒，但杜甫追求的岂是因文章而流芳百世；官位可以实现经世济时之志，却又因老病而不得已罢休。无论是身后之声名，还是生前之功业，都没有成就，何况一生漂泊不定，像一只到处飘游的沙鸥，所以就更觉得自己在天地间的渺小。但"飘飘"两字的轻忽之感，冲淡了诗人的伤感，反而增添了在天地间独往独来的飘逸之趣。

由此可见，这首名作不仅以境界高朗壮阔取胜，更在于取景照应人事的匠心之妙：全篇以细草、微风、沙鸥、危樯等微渺孤独的意象置于无垠的星空平野之间，使景物之间的这种对比，自然烘托出一个独立于天地之间的飘零形象。从秦州诗开始，杜甫似乎就有意无意地在诗里提炼自己的这种孤独感，多次把自己比作鸥鸟，或把自己的渺小形象置于乾坤之间："大哉乾坤内，吾道长悠悠"（《发秦州》），"还同海上鸥"（《巴西驿亭观江涨》），"相看万里外，同是一浮萍"（《又呈窦使君》），"天入沧浪一钓舟"（《将赴荆南寄别李剑州》）等等，到这首诗里，才在野阔星垂、江流月涌的背景中，找到"天地一沙鸥"这一最有实感而又最典型的比象。以后在夔州，这种思路愈趋明确，像"乾坤一草亭"（《暮春题瀼西新赁草屋》其三），"江湖满地一渔翁"（《秋兴八首》其七），"乾坤一腐儒"（《江汉》）等等，无不是由这一境界变化发展而来。

六、滞留夔州(765—767)

　　765年春夏之交,杜甫出蜀后经忠州抵云安,因病滞留到第二年(766)春天,移家夔州(今重庆奉节)。直到大历三年(768)正月出峡东下,共住了一年零九个多月。先后换过四个住处:先住在赤甲;后在西阁寄居近一年;又搬到瀼西,买了四十亩柑园,并受夔州都督柏茂琳委托,代管一百顷公田,以解决一家生计问题;最后搬到东屯。夔州是形胜之地,但比较荒凉又不甚开化,风俗落后,生活很苦。这时巴蜀地区也陷入了战乱之中。杜甫离开草堂后的同年九月,仆固怀恩诱吐蕃、回纥、党项、吐谷浑等大肆入寇,长安险些再度陷落。闰十月,剑南节度使郭英乂与西山都知兵马使崔旰互相残杀,导致西川大乱。次年三月,崔旰又击败剑南东川节度使张献诚,导致东川大乱。杜甫在这一时期本来就贫病交困,肺病、糖尿病等严重地影响着他的健康,加上战乱无休无止,情绪更加低沉。但因为没有多少事可做,写了大量诗歌,计有四百多首。这时他已进入人生的总结阶段,创作艺术也达到了一个新的高峰。

夔州的名胜古迹很多,杜甫多次登上白帝城楼,徘徊于先人的遗迹,怀想蜀汉君臣风云际会的历史,触目生悲,留下了《八阵图》、《古柏行》、《白帝》、《上白帝城最高楼》等名篇。夔州又是屈原、昭君生长的地方,但与恶劣的风土民俗又如此不相协调,引起他对民生问题更深层的思考。从《咏怀古迹五首》、《最能行》、《负薪行》中不难见出历史与现实的这种矛盾。

在追怀历史的同时,诗人也总结了自己人生的历程和唐王朝兴衰的教训。《秋兴八首》、《洞房》诸章,都是回忆长安往事,或抒发盛衰之感,或讽刺当时君臣,无不关乎国家兴亡,寄托深远。《八哀诗》围绕安史之乱前后的历史,赞美了在乱政和战乱中坚持气节或平乱有功的各类人物,也是给开元以来的友人和时贤所作的列传。《壮游》、《遣怀》、《昔游》、《夔州书怀四十韵》、《往在》等回忆自己从少年时代一直到流落巴蜀的毕生遭际,更是有意识地为自己留下的自传。

当然所有的回忆都是因现实而发,所以夔州时期对当前军政大事的关注和评议,仍是杜诗的重要题材。以《诸将五首》为代表的政论诗,指向了安史之乱平定后最严重的武将失控的问题。而对被"诛求"的百姓的深刻同情,也时时流露在观览风物、伤春悲秋乃至晴雨变化等日常生活的描写中。

反映时事、讽喻世情或自伤身世的咏物诗,是杜诗从秦州诗到草堂诗逐渐形成的一个大宗,到夔州诗里又发展为寓言式的咏物,且多以动物为赋咏对象,借题发挥。总之"天地之间,诙诡谲怪,苟可以动物悟人者举萃于诗"(胡铨《僧祖信诗序》),是杜甫咏物诗的一大特点。

夔州诗这一创作高潮出现在杜甫生活比较寂寞沉闷的时期,重要诗篇以回忆、评论、怀古为主,这就引起了艺术表现上的一些变化,或者说早年已有的一些新变到夔州诗里得到了强化。这些变化与他这一时期对诗歌艺术的深刻思考也是密切相关的。从草堂诗开始,杜甫已经在有意识地探索当代诗艺的得失。《戏为六绝句》不但对当时有争议的庾信、四杰等前代诗人作出公允的评价,对屈原、宋玉和齐梁的清词丽句加以分辨,而且批评某些人一味崇尚清丽的诗风,缺乏雄浑的气魄。这些见解在他的创作实践中得到了充分的体现。而他早年用新题乐府以反映时事的创作,虽然在当时没有理论的表述,但在夔州时写给元结的《同元使君舂陵行》,就明白地道出了他赞同诗歌"知民疾苦"、采用"比兴体制,微婉顿挫之词"的主张。作于夔州的《解闷十二首》中的若干篇章,一一评述苏李、谢灵运、阴铿、何逊、孟浩然、王维等人的成就,表述了向他们学习的苦心。《偶题》从骚人的传统追述到建安诗人,说出了"文章千古事,得失寸心知"这两句至理名言。夔州诗在艺术上的变化,也是他对诗歌内在之"理"更进一步的探索。当诗歌上升到盛唐的巅峰时期以后,如何突破传统的创作思路,继续向前发展,使诗歌自身的潜力得到最大程度的发挥？特别是在缺乏早年那种重大事件的亲身体验和丰富多彩的生活经历的情况下，诗歌怎样才能避免陈熟单调、停滞不前？这些都是杜甫在回顾总结前人成就之后必然要遇到的问题。他在夔州的各类诗体里做了许多表现艺术方面的突破性尝试。对于这些尝试及其给后人带来的影响，前人的看法见仁见智。但无论如何，夔州诗内容题材和表现手法的变化多样，超出了杜甫一生创作中的任何一个时期，代表着他的艺术已到晚期的成就。

　　夔州诗突出的新变之一是运用七律表现回忆中的印象和抽象的评论。以《秋兴八首》为代表的组诗，将许多典故和故事化为一个个美丽的画面或片断的印象，在不连贯的组合中，描绘出长安昔日的繁华和今日的冷落，浮想联翩，如梦似幻。以《诸将五首》和《咏怀古迹五首》为代表的组诗，将古诗长于选择典型事例、叙述自由的特点运用在讲究对仗的七律之中，通过变化莫测的句式，使原来只适于抒情写景应酬的七律发挥出叙事议论的最大潜力。七律的这种变化对中晚唐诗产生了重要的影响。

　　夔州诗的另一个突出变化是率意成章的作品和逞其才力的作品各见增多。它们一般都是抒写日常生活的闲情琐事，或与朋友酬唱赠答、谈艺论文等等。前者长短不拘，如陈贻焮先生所说：是当文章随便写，在特定的情境中表达他的心情，有的苦涩，有的古拙，有的粗放，也很有诗意。后者以长达千言或数百字的五言排律为代表，排比铺张而又对仗工整、一韵到底，难度极大。无论难易，都标志着杜甫在艺术上的老境，可见其自由运用诗歌艺术的功力。这两类诗对于中唐两大诗派的形成具有启导先路的作用。

漫　成　一　首

江月去人只数尺，风灯照夜欲三更。
沙头宿鹭联拳静[①]，船尾跳鱼拨剌鸣[②]。

① 联拳：形容鹭鸶聚在一起的样子。

② 拨剌：模仿鱼在水里跳跃的声音。

　　这首七绝作于从云安到夔州的途中。夜宿船上，舱外波平水满。三更醒来，只见倒映在江中的月亮离人只有几尺远，这是夜行水上的人才有的特殊体验。孟浩然《宿建德江》说："江清月近人。"写的是同样的情景，互相参看，可以体味杜诗把江月的"近人"具体到了能数出距离的程度。它不但写出江月似解慰人孤寂的亲切之感，而且从语气上还可见出一份惊喜。暗夜中与江月作伴的另一团亮光就是船上的风灯了。一盏孤灯照着夜空，反倒显得更加寂寞。这两句只写了江上的一团月光和一团灯光，两团亮光互相辉映，衬托出无边的沉沉夜色。借着这点亮光，可以看见近处沙滩上的鹭鸶蜷缩着一条腿并排站着打盹（用陈贻焮说），船尾不时地传来鱼儿泼剌剌地跳出水面的响声。这两句又从鹭鸶与鱼的关系着眼，风趣地写出本来最能捕鱼的鹭鸶睡得连鱼蹦出来都觉察不到，鹭鸶的静和鱼儿的鸣又构成静与动的对立，更衬托出夜的深沉和静谧。

此诗巧妙地利用明暗与动静的关系相互映衬,写出了夜泊的情味,别开一种清新有趣、"画不能到"(浦起龙《读杜心解》)的境界。

八 阵 图

功盖三分国①,名成八阵图②。
江流石不转③,遗恨失吞吴④。

① 三分国:魏、蜀、吴三国。

② 八阵图:在重庆奉节西南七里永安宫南的平沙上,聚集细石布成,各高五尺,广十围。像棋子分布,纵横相当,中间相隔九尺。共六十四堆。

③ "江流"句:传说唐代夔州在峡水大时,有许多木头随波而下,八阵图或被江水淹没,待水落川平,依然如故。

④ "遗恨"句:刘备为给关羽报仇,发兵讨伐吴国,在猇亭(今湖北宜都北)大败,病死在白帝城的永乐宫。蜀国从此元气大伤。

八阵图是夔州富有传奇性的一处古迹。《蜀书·诸葛亮传》说："亮性长于巧思……推演兵法，作八阵图，咸得其要云。"传说八阵图有三处，夔州为其中之一。《晋书·桓温传》说："初，诸葛亮造八阵图于鱼复浦平沙之上。"鱼复浦就在奉节东南二里。八阵图本来只是诸葛亮推演兵法的一处遗迹，在后人传说中渐渐增添了神秘的色彩。从唐宋人关于八阵图的各种复杂记载来看，选择一个吟咏的角度颇为不易，更何况是在一首只有二十字的五言绝句中。

诗人略去关于八阵图的具体描写，只取这处遗迹的名声，把诸葛亮建立三分之国的盖世之"功"，和八阵图之"名"相提并论，以"三分"和"八阵"对仗，便借这一数字工对概括了诸葛亮的传世功名，字字顿挫，大气磅礴。然而诸葛功名虽高，毕竟没有完成统一大业，这是他最大的遗恨。后两句就从这一点深入一步：八阵图恰在控扼东吴的长江上游，又传说数百年来不为江流所动，这就自然令人生发感叹：八阵图的石堆在江流长年的冲击下岿然不动，仿佛是老天为他留下了"失吞吴"

的遗恨之迹。"失吞吴"向来有两解：一说是未能吞灭
吴国，一说是失策让刘备吞吴。其实这两解并不矛盾，
讨吴的一时失策，导致诸葛亮联吴抗魏的战略失败，失
去了最终吞灭吴、魏的机会，蜀国也只及二世而亡。所
以两解只是一远一近而已。而诗人的原意，或许本来就
是为了让读者产生由近及远的联想。

　　不转的阵石昭示着永世的功业，长流的江水流淌着
无穷的遗恨。这是全诗构思的触发点，又正好取自关于
八阵图的古老传说。于是"江流石不转"便成为诗中关
键的一句转折，借咏石而咏史，由遗迹而推及遗恨，莫不
由这一句带动。因而能在一转之后立刻结束，言有尽而
意无穷。

白帝城最高楼

城尖径仄旌旆愁，独立缥缈之飞楼。
峡坼云霾龙虎卧，江清日抱鼋鼍游[①]
扶桑西枝对断石[②]，弱水东影随长流[③]

杖藜叹世者谁子？泣血迸空回白头。

① 鼋鼍(yuán tuó)：鳖和鼍龙。鼍龙又名扬子鳄、猪婆龙，爬行动物，嘴短，身长两米多，背部和尾部有鳞甲，穴居江河岸边。

② 扶桑：上古神话传说，大荒之中有旸谷，上有扶桑，十日所浴，居水中。有大木，九日居下枝，一日居上枝。旸谷是太阳洗澡的地方，扶桑是太阳居住的树木。

③ 弱水：上古传说，弱水出自甘肃张掖北边的穷石，水弱得不能飘起羽毛。

古白帝城建在夔州东五里的白帝山上，"最高楼"指山上最高处的城楼。此诗写登临所见，首先强调"最高楼"的地势之高，以下望远才有着落。城角之尖与步道之窄，都因山高之故，也可以想见此楼的型制必定是高耸半空的，所以连旌旗都似乎发愁要被高处的大风吹倒。楼的地势如飞在虚无缥缈的空中，独立在上头的诗人当然就可以望到极远之处了。

中间两联写远眺的境界：峡江上空的云霾裂开，瞿塘峡两岸的崖石如龙虎高卧；清波激荡着江边滩石，仿佛日光抱着鼋鼍嬉游。扶桑的西枝对着崖壁断石，弱水的影子随着江水长流。这两联都是一句写峡，一句写江。上联形容云开见崖、日出照江的景象，下联虚写峡高可见扶桑，江长可接弱水的想象。借助想象使诗境开拓到实际的视野之外，是杜甫常用的手法，但这首不同的是："龙虎"、"鼋鼍"的比喻虽是形容疑似的景物情状，却也恍惚浮动着人世间龙争虎斗的幻影。扶桑在东，而言其西枝正对断石，弱水在西，却说它的东影随水流去。这样交错，把东西两极的想象之景拉近了距离，强化了日头由东到西、流水由西到东的动感，光阴飞逝、长流不息的感慨也就自然蕴含其中，而且还使峡江中龙争虎斗的幻象扩大到扶桑以西和弱水以东的全部世界。

由于中间两联将诗人的心理感觉化入了峡江景物，使山水都幻化为乱世之影象。结尾出现一个挂着藜杖叹世的老人，就极为自然了：他的点点血泪迸射到空中，一头白发在风中飘拂。这个形象是多么悲壮感人呵！与《旅夜书怀》中的"天地一沙鸥"一样，这也是一个独立在广阔时空中的艺术形象，只是背景换成了整个动乱时代的幻影。与这一境界和形象相对应，这首七律采用拗体，而"城尖径仄"、"峡坼"、"对断"、"进空"等声母或韵母近似的字词，又使声调十分拗口，从而造成悲抑激楚的声情，使惊人的出语与奇特的表现更加相得益彰。

白　　帝

白帝城中云出门，白帝城下雨翻盆。

高江急峡雷霆斗，古木苍藤日月昏。

戎马不如归马逸①，千家今有百家存。

哀哀寡妇诛求尽②，恸哭秋原何处村？

① 《尚书·武成篇》："归马于华山之阳。"

② 诛求：官府的横征暴敛。

《白帝》与《白帝城最高楼》都是描写白帝城以及瞿塘峡周围的景象，但后者是从高处俯瞰云开日出时的奇幻景色，而前者是从平地感受雷电风雨时的凄惨景象。白帝城在山上，所以含雨的云层好像是从城里出了门，到城下才变成倾盆大雨。这样写不但可以见出山上山下的地势高低，而且让人真切地感受到这一带下雨时云层贴近地面的低气压。"云出门"和"雨翻盆"使用老百姓过日子的家常语言来形容白帝城奇异的雨景，与后半首哀悯民间疾苦的内容十分协调。

"高江"两句写暴雨来临时天昏地暗的氛围。江水暴涨后在高处的峡口被阻，水流更加湍急，轰鸣之声如天上雷霆相斗；两岸山崖的苍藤古树本来遮天蔽日，加上乌云翻滚，就更不见日月之光了。与《白帝城最高楼》一样，这昏沉阴惨的雨景中也隐含着诗人对乱世的感受。所以后半首展开了乌云和暴雨之下民生凋敝的景象：战场上的戎马不如放归的马安逸，是因为战争不断，使戎马不得休息，而田地荒芜，又无人用归马耕地。本来千户人家只剩下百家，更何况百家还仅剩寡妇，而寡妇又被官府搜刮罄尽,秋原上自然只有哭声可闻了。在雷霆轰鸣般的暴雨声中,居然还能听到寡妇的哭声,可见这哭声不是从某处传来,而是没有一处村庄没有哭声了。通观全篇,更可以体会前半首的雨景既突出了夔州云雨的阴森,又是戎马不息、村落萧条的时代气氛的写照。语言虽比《白帝城最高楼》通俗朴素,但构思的奇警不相上下。

古 柏 行

孔明庙前有老柏①,柯如青铜根如石。霜皮溜雨四十围②,黛色参天二千尺。君臣已与时际会③,树木犹为人爱惜。云来气接巫峡长,月出寒通雪山白。忆昨路绕锦亭东④,先主武侯同閟宫⑤。崔嵬枝干郊原古,窈窕丹青户牖空。落落盘踞虽得地,冥冥孤高多烈风。扶持自是神明力,正直元因造化功。大厦如倾要梁

栋,万牛回首邱山重。不露文章世已惊,未辞
剪伐谁能送? 苦心岂免容蝼蚁,香叶终经宿鸾
凤。志士幽人莫怨嗟,古来材大难为用!

① 孔明庙: 指夔州的诸葛亮庙。

② 四十围: 四十人合抱。

③ "君臣"句: 指诸葛亮和刘备君臣遇时而起,精诚合作,做
成一番事业。

④ 锦亭: 成都的锦江亭。

⑤ 先主: 指刘备。闷宫: 神庙。因为刘备庙内附有武侯祠,
所以说两人在同一神庙。

这首诗咏夔州诸葛亮庙的古柏树,是杜甫咏物诗中
的名篇。杜甫向来主张绘画要传神写意。他的咏物诗
同绘画一样,也往往脱略形似而注重神采。《古柏行》
是一首长篇歌行,歌行需要铺陈,一般难免细致描写所
咏对象的形貌特征。但这首诗只有开头四句对古柏的
形状稍加描绘,其余全从渲染气势落笔。

　　首四句写老柏树的枝干像青铜，树根像顽石。滑得溜雨的带霜的皮，有四十人合抱那么粗。青黑色的树身直插云天，足有两千尺高。虽然写貌逼真，但主要是用比喻和夸张强调它根干的坚挺结实和树身的无比高大，为后面的传神奠定基础。

　　其次说明老柏之所以能长得如此高大，是因为它作为蜀汉君臣风云际会的历史见证；受到历代人民的爱惜。了解这一点，才能体会下面写柏树云来气接巫峡、月出寒通雪山的深意：巫峡在东，是蜀国的东界，雪山在西，是蜀国的西境。柏树耸立阴森的气象在蜀国境内远近都能感知，不正与蜀人在它身上寄托了对君臣际会的怀念有关吗？

　　以下笔锋一转，联想到成都孔明庙里同样的古柏：回想昔日绕路经过锦江亭的东面，那里有先主和武侯同在一起的神庙。庙里的柏树枝干崔嵬，因为生在郊原平地才能这么古老，更兼环境幽深闲静，彩绘的门窗空无人迹，所以能长久保存。这一段描写是以宾衬主，用成都古柏得地利之宜反衬夔州古柏恶劣的地势环境：这里的大柏树盘踞山地，难免过于孤高，常有狂风。能不受侵害当然只能归因于有神明之力扶持，而它的正直原也是造化的功劳。这一对比和反衬又从神明呵护、造化钟灵的角度写出古柏不畏风霜的正直品格。

古柏既然有此材质，自然最适宜当栋梁之材，去挽救那将倾的大厦。可惜这古柏重如邱山，万头牛都拉它不动。说明大材请之不易。柏树没有花叶之美，所以不露文采，它也不怕砍伐，虽然引起世人的惊异，可又有谁能运送？这是再次强调发现和输送大才都很困难。长此以往，柏心虽苦终究难免于蝼蚁寄居，幸亏柏叶清香还会有鸾凤栖宿。在此之前，处处都是就柏树本身落笔，直到最后两句，才大声呼吁：志士幽人且莫怨叹，古来材大都难以为用！点出咏古柏的根本旨趣所在。但因为前面都着眼于古柏的气象、品格，称赞它寄托了人民的爱心、集中了造化的功力，这些才性也正是人间大材的根本条件，所以直接发为人才难用之叹就非常自然了。

此诗描写古柏无论正写还是侧笔，都能在赋中寓比，寄托深远。不求形似而古柏之根干、枝叶、树心无不形容周全,惟其神中求形,才能气象万千。

诸 将 五 首(选二)

韩公本意筑三城[①],拟绝天骄拔汉旌[②]。

岂谓尽烦回纥马,翻然远救朔方兵[③]。

胡来不觉潼关隘[④],龙起犹闻晋水清[⑤]。

独使至尊忧社稷[⑥],诸君何以答升平?

① 韩公:指张仁愿。据《旧唐书》本传,张仁愿在唐中宗神龙
   三年(707),在河北筑三座受降城。景龙二年(709)拜左
   卫大将军,封韩国公。

② "拟绝"句:初唐时,朔方和突厥以黄河为界。突厥常乘黄
   河冰冻以后入寇。张仁愿趁突厥西征之机,夺取漠南之
   北,筑三座受降城,东至榆林,西至灵武,三城相距四百多
   里,北面都是沙漠,开拓土地远达三百里。又在牛头朝那
   山北置烽堠一千八百所,使突厥从此不敢南来侵犯。朔方
   平静,每年省减大量军费和镇兵。"天骄"指突厥。

③ "岂谓"二句：唐置朔方军,节度使大都督府设在灵武。原
　 来为防突厥。安史之乱后,唐朝向回纥借兵收复两京,后
　 来又得回纥之助击退吐蕃。郭子仪为朔方军节度使,前后
　 用兵都得到回纥帮助。

④ "胡来"句：指安禄山攻陷潼关。

⑤ "龙起"句：唐高祖李渊在太原起兵时,驻军在龙门县,晋
　 水清。

⑥ 至尊：指唐代宗。

　　《诸将五首》是一组用七律写的讽劝武将的政论
诗。安史之乱平定以来,吐蕃入寇、回纥掳掠、东北叛军
的部下没有归顺朝廷、南方边境将帅拥兵作乱、蜀中兵
乱接连不断,这组诗就针对这五方面的形势一一提出自
己的看法。

　　这首诗是第二首,专论回纥之事。回纥在安史之乱
和对吐蕃的战争中,一直是唐朝的同盟军。但唐朝过于
倚重回纥,种下了后来无法控制的祸根。收复两京时,
回纥将金帛子女掳掠一空,唐朝收复的是两座空城。回

纥助讨史朝义后,登里可汗回国一路杀人抢劫,肆无忌惮。后来仆固怀恩又勾结回纥、吐蕃十万众入寇,使京师几乎再度沦陷。到杜甫写这首诗时,回纥已成为边患之一。

回纥问题比较复杂,杜甫在其他诗里(如《北征》、《留花门》等)也都发表过不少评论。这首诗从朔方军和胡人的关系入手,评论盛唐以前和安史之乱以后,朔方军由主动变为被动的局势变化,就将当前诸将不得力的状况提纲挈领地反映出来了。

朔方军的设置本来是为防突厥的,后来又成为平定叛乱和抵抗外敌的主力,所以选择朔方军的变化作为切入点,是最有典型意义的。诗人取张仁愿河北筑三座受降城的事件作为开头,因为这是唐军对付突厥变被动为主动的关键,也是奠定盛唐前期朔方地区太平局面的开始,这时朔方军对于突厥完全掌握着胜利的主动权。在说明当初张仁愿是打算从此断绝"天骄"来拔汉家军旗的道路以后,三四句忽然以"岂谓"二字突转到现在朔方军反而屡次要回纥来救援的事实,并用"翻然"二字再度加强"岂谓"的语气,这就把人们料不到世事竟会如此反复的感慨从字面上突现出来了。

将朔方军的今昔作了以上强烈的对比之后,诗人又回过头来追溯造成这一巨变的历史原因,那就是潼关之败。想当初胡骑打进潼关时,竟然不觉得关隘险要,哥舒翰带领的朔方军就是从那时开始衰落的。下一句忽而回想当初唐兴之时晋水变清的祥瑞,这一思路的变化跳跃很大,以至有不同解释。有的注家认为用唐高祖驻军龙门县,晋水清的典故,因为恰好至德二年岚州合关河清三十里,这是龙兴水清的证明。潼关破后,广平王(即今之代宗)出师,水清是真主龙兴的迹象。有的注家认为指唐太宗龙兴晋阳、请兵突厥。其实二说可以折衷。据《旧唐书·高祖本纪》,李渊父子从太原起兵时,曾派刘文静和突厥联系,请率兵相应。高祖军队到龙门时,突厥始毕可汗派康稍利率兵五百人、马两千匹,与刘文静会合。这与"晋水清"的时间地点正相合。可见唐朝"龙起"之初确实得到过突厥的帮助。"龙起"句应指这一背景。但这句诗还应该有另一层言外之意:李家得天下虽然借力于突厥，但是高祖登基三四年以后，突厥颉利可汗就开始寇边，后来竟至打到长安渭桥，成为唐初最大的边患，直到唐太宗击败突厥才得以太平。了解这一历史背景，我们就不难理解杜甫的用意了：从朔方军在天宝末的衰败再度反溯到唐初，是为了以唐高祖和太宗对待突厥的历史经验来告诫当今君臣，应该如何正确处理唐与胡人的关系。从对仗来说，"龙起"句和"胡来"句不仅字面对应，而且在意义上也造成一个对照：天宝年不能正确处理与胡人的关系，遂导致安史之乱；龙兴时能正确处理与胡人的关系，便使河清世安。这样，最后两句质问诸君以什么来回答国家对升平的期望，文意便自然水到渠成。

这首诗里涉及的外族有三种：一是突厥，二是回纥（西域胡人），三是安禄山（突厥与胡的混血儿），而以眼前的回纥之乱为落脚点。短短一首七律，以朔方军的盛衰为切入点，抓住四个典型历史事件，概括了唐朝从开国到代宗时期一百五十年间与胡族关系几经反复的历史。如此复杂的内容，如果用讲求逻辑顺序的散文或古体诗表现,必定要相当的篇幅。诗人利用七律讲究字面工对、而句意之间不求连贯的特点,打破这四个事件的先后时间顺序,按照事件本身的可比性来组合对仗,便形成痛切激越的语调、跳跃变幻的思理、夭矫动荡的气势、铿锵顿挫的节奏。读来神旺气足,只觉得恳切动人而毫无议论的枯燥之感。

> 锦江春色逐人来,巫峡清秋万壑哀。
>
> 正忆往时严仆射①,共迎中使望乡台②。
>
> 主恩前后三持节③,军令分明数举杯④。
>
> 西蜀地形天下险,安危须仗出群材。

① 严仆射:指严武,死后追赠尚书左仆射。

② 中使:皇帝派来的由宦官担任的使臣。望乡台:在成都。

③ 三持节:指严武初以御史中丞出为绵州刺史,迁东川节度使再拜成都尹;又自东川任西川,权令两川都节制;入朝后复又以黄门侍郎任剑南节度使,所以说"三持节"。

④ "军令"句:指严武军纪严明,但又能与僚属举杯同乐,宴

饮有节制。

这是第五首，为蜀中久乱而作。严武死后，蜀中诸将交相攻击，杜鸿渐以三川副元帅兼节度，只求息事宁人，将军政交给崔旰，每天与僚属纵酒饮宴。诗人十分怀念严武镇蜀时的军事功绩和才略，此诗追思严武，实际上也就批评了现任蜀帅的不得力。

首二句以江上景色起兴，锦江春色和巫峡清秋相对，指诗人春天离开成都，秋天来到夔州，引起下句对严武的回忆。用"仆射"的赠号，暗寄对死者的哀思。严武和诗人的交往很多，诗里只取当初和严武一起到望乡台去迎接中使一事，大有深意：中使是皇帝的近侍，一则照应下句"主恩"；二则显示严武对朝廷的尊重。望乡台可能是实景，但地名也关联着严武心向朝廷的意思。因此这一往事的回忆，对那些目无朝廷的诸将是一种无言的反讽。望乡台与锦江春色相应，也令人想到锦江在诗人的回忆中是一片美好的春色，而巫峡在诗人眼前总是一派悲凉的秋色。因而首二句不仅是交代因离开蜀中而思念严武的缘起，也是以面对巫峡万壑秋色的凄清心境与当初锦江春色扑面而来的愉快心情相对照。

五六两句简要概括严武的武略："主恩"句强调朝廷对他的倚重，让他三次持节来蜀，就是因为严武第一次镇蜀罢免后，高适代理，就有徐知道反叛、吐蕃陷松州维州等大乱；第二次镇蜀后去世，郭英乂代之，又有崔旰等人互相攻杀，到杜鸿渐镇蜀时更不能控制。这里特别用"持节"一词，与"主恩"相应，意在提醒镇蜀的将帅当记住主上的恩德，牢记所持之节是朝廷所付。"军令"句则是直接针对杜鸿渐军令不严、饮宴无度而言。所以最后感叹：西蜀居于天下最险之处，加上外有吐蕃侵扰，"所守或非亲，化为狼与豺"（李白《蜀道难》），其安危全仗着出类拔萃的人才！结语警拔，言外之意一目了然。

与其二不同的是，这首诗将比照的对象置于诗外，处处都是从怀念和追思的角度正面歌颂严武，而处处都是影射那些拥兵作乱的悍将或是平庸无能的蜀帅。虽是七律，却像古诗一样逐句递接，没有思路的跳跃，但能在流水般的顺叙语气中自然成对。其二其五两首诗的章法截然相反,各自成体,由此可悟杜甫晚年七律的变化之功。

咏怀古迹五首

支离东北风尘际①,漂泊西南天地间②。

三峡楼台淹日月,五溪衣服共云山③。

羯胡事主终无赖④,词客哀时且未还。

庾信平生最萧瑟⑤,暮年诗赋动江关⑥。

① "支离"句:指安禄山自东北范阳发动叛乱。

② "漂泊"句:指杜甫自己漂泊西蜀、夔州的遭际。

③ 五溪:湖南西部的雄溪、横溪、西溪、潕溪、辰溪,是古代溪族的居住地区,在夔州以南。居民好穿五色衣服。

④ 羯胡:本来是中亚月支种,安禄山的父系是羯胡。

⑤ 庾信:(513—581),字子山。南阳新野(今属河南)人。自幼与其父庾肩吾出入梁朝宫廷,与徐摛、徐陵父子写作绮

艳的诗赋,时称"徐庾体"。侯景之乱发生,他逃到江陵辅
佐梁元帝。后来在出使西魏时梁亡,被强留在长安,历仕
西魏、北周,官位清显,但他内心很痛苦,写了不少抒发"乡
关之思"的作品,风格转为苍凉刚健。有《庾子山集》。

⑥ 江关: 指荆州江陵。传说庾信在江陵时的住宅是楚国文人
宋玉的故宅。

　　咏怀和怀古本来是两体,虽然咏怀诗中常含有怀古
的题材,怀古诗也多半是借以抒怀。但像杜甫这样明确
地在"古迹"前冠以"咏怀"的题目还是罕见的。这一题
目决定了这组诗所咏的古迹都不是专为怀古而作,而是
借以浇杜甫自己心中的块垒。因此各首诗里所取的古
迹虽然大都在夔州,但对于古迹的描写所占比重很小,
重点在于对历史人物的评论。总体风格是沉郁悲凉、工
丽浑厚。五首诗所咏之怀,无非是身世之感,家国之忧,
但各首自有不同的触发点,因而表现方法也无一雷同。

　　这是第一首,咏庾信在江陵的遗迹,借庾信的生平
抒发自己的身世之感。庾信和杜甫的身世并不相同。

这首诗只从两人都因胡羯之乱而在后半生漂泊他乡这一点着眼,超越时空的隔阂,有意无意地将两人的生平编织在一起。前半首大笔扫过东北到西南的广阔空间,落到眼前三峡五溪的滞留之地,本是写杜甫自己因安史之乱而漂泊西南的境况。东北风尘指安禄山从东北的范阳作乱。但梁朝的侯景之乱也源于东魏的河南,相对江南的梁而言,也是发自东北。漂泊西南当然是指杜甫入蜀到滞留夔州这段经历。但庾信在侯景进入建康以后,逃到江陵辅佐梁元帝,相对原来的政治中心而言,也是在西南方向。同样,久留在三峡楼台消磨日月的是杜甫,也是在江陵呆过三年的庾信。只不过两人一在三峡内,一在三峡口。而湖南西部的五溪离夔州和江陵也都不远。所以上半首句句自叹半世漂泊不定,淹留在这蛮族杂居之乡,又句句映带着庾信类似的身世遭际。

正因为有了前半首的牵合,后半首"羯胡事主终无赖,词客哀时且未还"两句过渡到庾信,从字面看似乎突兀,但意脉却很顺畅。安禄山和侯景都是羯胡,都是不忠于君主的无赖小人。哀时而至今未能回乡的词客是庾信,也是杜甫。庾信的《哀江南赋》、《拟咏怀》等许多诗赋都是记录侯景之乱前后梁朝兴亡的史诗,而他被强留在北方以后,就再也未能回归故土。所以五六两句实际上是对自己和庾信的共同遭遇的总结,也是这首诗咏怀的主旨所在。由于诗题为咏古迹,所以结尾还是落到庾信,称道他因为生平最为萧瑟,所以暮年的诗赋总是不能忘情于江南的乡关。"动"字可作双向解释,既指诗人之情为江关所动,也指诗人辞赋可以惊动江关。而同样萧瑟的杜甫,不也以其饱含家国之忧的暮年诗赋震动了江关吗?从全诗的结构来看,此诗前半首以咏杜为主,映带庾信,后半首以咏庾为主,映带杜甫。前后对称,杜中有庾,庾中有杜。这就巧妙地运用七律的章法结构完美地表现了借庾信以咏怀的主题。

仅从怀古这一点来说,此诗最后两句也是为庾信翻案的新警之论。以前,庾信一直因为早年绮艳的"徐庾体"而被史家讥为"词赋之罪人"。杜甫却指出庾信由于前后期遭际的不同,而导致"暮年诗赋动江关"的变化,对庾信作出了公正的评价,充分肯定了他的成就。

从此以后,杜甫这两句诗便成为评价庾信的定论。

摇落深知宋玉悲①,风流儒雅亦吾师。

怅望千秋一洒泪,萧条异代不同时。

江山故宅空文藻②,云雨荒台岂梦思③。

最是楚宫俱泯灭,舟人指点到今疑。

① "摇落"句:宋玉《九辨》:"悲哉秋之为气也,萧瑟兮草木摇
落而变衰。"

② 故宅:指宋玉在江陵和归州的故宅。归州即今湖北秭归。

③ "云雨"句:宋玉写过一篇《高唐赋》,赋中说楚怀王游高唐
观,梦见巫山神女。欢会之后,神女辞别时说:"妾在巫山
之阳,高丘之岨,且为行云,暮为行雨,朝朝暮暮,阳台之
下。"阳台,在今重庆巫山阳台山,上有阳台遗址。又湖北
汉川南也有阳台山。

这是第二首,咏宋玉故宅,与庾信有些关系。传说
宋玉在江陵和秭归都有故宅,而庾信所住正是宋玉在江

陵的旧宅。杜甫人在夔州，距秭归近，而将赴江陵，所以
人虽未到，而将两处古迹都提及了；同时，庾信和宋玉都
是文人词客，都以文采见长。两首诗之间有内在联系。
宋玉是战国时代楚国的词赋家，晚于屈原，史传说他曾
奉侍楚顷襄王，虽学习屈原的辞令，但不敢直谏。有十
六篇赋，但都失传了。《九辨》是最可信的一篇。

　　宋玉的传世之作虽然很少，但《九辨》一篇，尤其是
开头两句，千年以来为人们引用不衰。此诗首句即引
《九辨》中"摇落"一语，以抒写悲秋之情，但只说"深知
宋玉悲"，就可见诗人对宋玉之悲的理解，不只是一般
的悲秋，更是同宋玉一样的"坎廪兮贫士失职而志不
平，廓落兮羁旅而无友生"（《九辨》）。从杜甫对宋玉风
流儒雅的心仪，可见出他"转益多师"的态度，以及在前
贤的遗文中觅得知音的感触。所以接着慨叹二人遥隔
千载，无法交流，同感秋气之萧条，而不在同时同代，唯
有洒泪而已！这两句是流水对。但从句意来看，其实是
补充开头的意思：虽然"异代不同时"，却是"深知宋玉
悲"的。前半首形成一个语意的循环，将诗人"去乡离

家"之"悲忧穷戚"(《九辨》)托之于对宋玉的怀念。然
而对千载以上古人心灵的追寻,不更说明诗人在现世的
寂寞吗?

后半首感叹斯人已去,连遗迹也难以再寻:江山故
宅或许尚在,但后人对宋玉的了解空有那些华丽的文
词。宋玉著名的《高唐赋》中描写的云雨阳台也已一片
荒芜。诗人认为当初宋玉写此人神相恋的故事,本是为
讽谏顷襄王而作,岂只是梦里的男女相思。但梦中的阳
台成了荒丘,楚王的宫殿早已泯灭,只有过往的船家路
过此地,指指点点,令人将信将疑。可见流传在民间的
只是赋中缠绵旖旎的梦境,究竟有多少人真正了解那个
杜甫肯于师事的宋玉呢?

从怀古的角度来说,这首诗也可以分为前后两层,
前半首怀宋玉之《九辨》,后半首怀宋玉之《高唐赋》。
这两篇辞赋是宋玉的代表作,诗人巧妙地将前半首的时
间描写和后半首的空间描写结合成一个悠缈的境界,令
人通过宋玉辞赋中的意境,去想象那萧条的秋气中似有
似无的宋玉故宅。而从咏怀的角度来看,这首诗前半首

抒写悲秋之情,后半首感慨文藻空存。而贯穿于全诗的则是对文章传世的思考:虽然千秋异代,一切的遗迹都可能泯灭,只有文章可以使人在千载以下与作者之情相通,可以成为后世的舟人船夫永恒的话题。但是又有多少人真正"深知"作者的"寸心"呢?相信"文章千古事"的杜甫,由宋玉的身后文名产生的这层疑虑,或许是隐藏在他心中的更深的悲哀吧?

群山万壑赴荆门①,生长明妃尚有村②。

一去紫台连朔漠③,独留青冢向黄昏④。

画图省识春风面⑤,环佩空归月夜魂。

千载琵琶作胡语,分明怨恨曲中论⑥。

① 荆门:山名,在湖北宜都西北。

② 明妃:即王昭君,名嫱。西汉元帝后宫的宫女。竟宁元年(公元前33年),嫁给匈奴呼韩邪单于。湖北秭归有昭君村,与巫峡相连,传说是昭君出生的地方。

③ 紫台:即紫宫,帝王所居之处。

④ 青冢：据传说，边地多白草，只有昭君冢草青。

⑤ "画图"句：据《西京杂记》：汉元帝后宫宫人很多，让画工画像，元帝按图召见。宫人都贿赂画工，王昭君自恃貌美，不肯行贿。画工将她画丑，于是不得召见。后来匈奴来朝，求美人为妻，元帝遣昭君出嫁。昭君离宫时，元帝召见，才发现她的容貌后宫第一，非常后悔，追查此事，将画工毛延寿处以死刑。

⑥ "千载"二句：传说汉武帝时公主远嫁乌孙王，胡人在马上弹琵琶奏乐，以安慰她在路上的悲郁。这一故事也常被用于昭君的传说。据《琴操》说，昭君在塞外，恨元帝始终没有召见她，曾写过怨思之歌，后人起名为《昭君怨》。琵琶曲和琴曲中的《昭君怨》历代相传，至今仍有此曲名。

昭君故事从汉代以后，历经演变，到梁代《西京杂记》基本定型。杜甫咏昭君生平，正是按照当时广泛流传的说法。秭归的昭君村传说是昭君生长的地方。此诗所咏的古迹就是这昭君村，所以一开头就点出村庄在与巫峡相连的荆门山里。交代地点，本来是很平常的起头，但这两句却写得极有气势：群山万壑都奔赴荆门，一个"赴"字把群山的走向和动势渲染出来了,使读者的视线一下子就被吸引到荆门这个焦点上,明妃生长的村子自然就突现出来。同时也令人想到,仿佛是群山万壑的灵秀之气都集中于荆门,才使这里生长出这样一位绝代佳人。然后,诗人的笔锋又立即移开,以"紫台"与"朔漠"一笔勾连,带出明妃从汉宫出嫁匈奴的经历,定格在黄昏时孤独的青冢上。这一联里,"紫台"与"青冢"的色彩对照,以及"朔漠"和"黄昏"的意境渲染,营造出悲凉萧瑟的氛围,使前四句形成明妃生地和死地的鲜明对照,展示了昭君一生的起点和终点。

前半首在展开昭君生命的两极之后,后半首又掉过笔来从她生平的转折点插入,反省昭君不遇的原因。诗人认为昭君一生不幸的根源,在于皇帝为图省事,不看真人只看图画,才使佳人埋没宫中,又葬身塞外。接着想象出昭君的魂魄在月夜归来,环佩声一路叮咚作响的美丽画面,对昭君的孤苦幽独寄予无限同情。这两句将昭君生前的青春美貌和死后的月下幽魂相对照,文字对仗极其工巧,又蕴含着无穷感慨:生前已经错过知遇的机会,死后魂魄归来也是枉然! 只有千载流传的琵琶曲《昭君怨》,分明是在诉说她无穷的遗恨。结尾将昭君出塞的情景化入后世传承不衰的琵琶曲中,与荒漠青冢和月下幽魂共同构成了最富有诗意的典型的昭君形象。

《王昭君》、《昭君怨》是汉魏乐府旧题,历代的歌咏者很多。杜甫此诗从昭君村就在附近这一点生发感想,通过精心锤炼的语言和文字色彩的搭配,将幽怨悲凄的情调和苍凉壮阔的境界融为一体,笔意腾挪回旋,画面鲜明美丽,成就远远超出前代之作。同时,这首诗又不单纯是咏昭君,虽然诗人没有像前两首诗那样,直接抒发议论感慨。但联系中国诗歌以美人比喻君子的悠久传统来看,不难理解昭君的不遇象征着许多被埋没草野的士人共同的命运,有多少贤哲因为执政者不识真人而错失了用时的机会? 对于这一点,杜甫无疑有过最痛切的体会,这就难怪这首诗能写得如此沉痛感人了。

蜀主窥吴幸三峡①,崩年亦在永安宫②。

翠华想象空山里,玉殿虚无野寺中③。

古庙杉松巢水鹤,岁时伏腊走村翁④。

武侯祠屋长邻近⑤,一体君臣祭祀同。

① "蜀主"句:222年,刘备为给关羽报仇,亲自率兵攻打
　东吴。

② 永安宫:在夔州西。刘备伐吴兵败,死于永安宫。

③ "玉殿"句:这句下面有原注:"殿今为寺庙,在宫东。"

④ 伏腊:古代祭祀的名称。伏在六月,腊在十二月。

⑤ "武侯祠"句:重庆奉节东六里有先主庙,诸葛祠在先主
　庙西。

在《咏怀古迹五首》中,前三首中的庾信、宋玉宅以
及昭君村都只是就传闻虚想,实际上没有对古迹本身的
描写,因而重在对人物生平和际遇的吟咏。这一首咏刘
备,因为尚有遗迹可寻,所以写法也变为虚实相间。

首联开门见山指出三峡有刘备的永安宫。起句看
似平板的叙事,却将刘备起兵到失败都在夔州峡中这一

点简明地强调出来了。刘备伐吴,是他一生最大的失策,不仅国运由此衰败,自己也在此毕命。因此这两句看似叙事,其实暗含遗憾和讥评。以叙事起头,语势留有较大的铺叙余地,所以一般适合歌行。七律以叙事起,不容易迅速收束到要求对仗精严、概括力度较高的中间两联上来。然而此诗颔联只就"永安宫"三字顺流而下,便轻巧地把重点转到了对先主遗迹的描写上。

中间两联写先主遗迹,三四句是虚写,五六句是实写。诗人想象刘备的翠华仪仗在空山中迤逦而来,是与首句"蜀主"驾幸三峡的叙事相呼应;已经消失在野寺中的玉殿令人顿生虚无之感,则对应先主在永安宫的驾崩。由今日之虚无想象昔日之威仪,又寓昔日之盛况于今日之衰败中,如此交错照应,更显出刘备身后的寂寞。差可欣慰的是仅存的古庙尚有村民岁时的祭祀:古先主庙旁的杉松巢有水鹤,足见此处平时的清寂无人;而每当伏腊祭祀时还有村翁往来奔走,看来香火也并不旺盛。这一联实写先主庙的清冷景象,犹如一幅陈年古画。中间两联分写古庙的远景和近景,远虚近实,正合绘画的原理。

　　最后宕开一笔,提到附近的武侯祠,与先主庙永远相伴,君臣既为一体,所享受的祭祀也相同。结尾是此篇咏怀的正意所在:先主、武侯生前风云际会,虽然伐吴之事因不听诸葛之言而失败,但这一次君臣之间最大的分裂,毕竟还是由先主在永安宫托孤而弥合了,所以终究维系了君臣一体的关系。死后同受祭祀,是因为这种生死不渝的君臣之情永远受到后人的崇敬。与眼前主弱将骄、叛乱四起的局势相对照,杜甫的心情如何,也就无须多言了。

　　　　诸葛大名垂宇宙,宗臣遗像肃清高。
　　　　三分割据纡筹策,万古云霄一羽毛[①]。
　　　　伯仲之间见伊吕[②],指挥若定失萧曹[③]。
　　　　运移汉祚终难复,志决身歼军务劳。

① "万古"句:《晋书·陶侃传》:"志凌云霄,神机独断。"梁
　简文帝《与刘孝仪令》:"威凤一毛。"一羽毛,形容其如云

霄的凤凰。

② 伊吕：商汤的辅臣伊尹和周文王的辅臣吕尚。

③ 萧曹：汉高祖的谋臣萧何与曹参。

　　这一首写夔州先主庙附近的武侯祠，由上一首的结尾自然派生。杜甫已参谒过几处武侯祠，每次都有新的感触，对于诸葛亮的评价角度也各不相同。此诗则主要是感慨诸葛亮的才能再高，也无法挽回汉朝国运的衰落。因此诗里对诸葛亮的评价之高是空前的。

　　诗意分三层递进，首先赞美诸葛亮的大名在宇宙间永垂不朽。这一开头大气磅礴，为全诗的评价奠定了极高的基调。"宗臣"是为众人所仰望倚重的大臣和重臣，杜甫用此词不但说明了诸葛亮名垂千古的原因，也寄托了他本人对这位宗臣楷模的无限敬仰。"宗臣遗像肃清高"句，既是形容诸葛神采的清高严肃，又是写庙内气氛的神圣肃穆。以下便不再描写祠庙环境，专就诸葛亮作为"宗臣"这一点发挥。

　　其次称赞诸葛亮创立三分国的基业，但强调他的

"纡筹策",即费尽心思曲折规划策略这一点,意在突出他的谋略之高。而后将他比作永远高翔云霄的威凤,既是称道他在当时神机独断,志凌云霄,远远高出于众人之上;又与首二句"垂宇宙"和"清高"相应,称道他那为众人所仰望的盛名。

第三层进一步说明诸葛亮的千古独步:先拉出商周时两位著名的贤相伊尹和吕尚来作比较,认为诸葛亮与他们可处于兄弟之间,不相上下。然后再拉出辅佐汉高祖开国的两位谋臣萧何与曹参来作比较,认为诸葛亮的指挥谋略足以使萧曹失色,超出于二人之上。这就分别从宗臣的品格和才略两方面确认了诸葛亮为"宗臣"之中的万古一人。

在杜甫这首诗之前,诸葛亮从来没有在后人的评论中达到过这样的高度。这固然是出于杜甫对诸葛亮的挚爱和崇敬,但也是为结尾造势:空有如此大材,却还是不能实现其恢复汉祚的理想,因为天运已经转移,非人力可为。因此诸葛亮只能决心以身殉职,死于劳累的军务。结尾突然从前面的高调跌到低谷,是感叹诸葛亮的壮志难酬,更是悲哀汉家国运的难以恢复。杜甫虽然盼望在此危难之际能有诸葛亮这样的人物出来收拾残局,但从这首诗来看,他似乎意识到即使有诸葛亮这样的大材和忠心,也不能恢复已经转移的国运了。这种对现实的无奈和绝望,或者是此诗更深一层的寄托吧?

秋 兴 八 首（选四）

玉露凋伤枫树林^①,巫山巫峡气萧森。

江间波浪兼天涌,塞上风云接地阴^②。

丛菊两开他日泪,孤舟一系故园心。

寒衣处处催刀尺,白帝城高急暮砧。

① 玉露:白露。

② 塞上:《杜诗详注》引陈泽州注:指夔州。杜甫《夔府书怀》诗"绝塞乌蛮北"、《白帝城楼》诗"城高绝塞楼"可证。

《秋兴八首》是杜甫夔州诗的代表作。夔州诗的基调就是悲秋。诗人从悲凉肃杀的三峡秋景中看到凄凉残破的江山，看到自己穷途末路的残年。早年的经历被时光滤净了忧思和失意，变成繁华美丽的印象在回忆中鲜活起来。滞留江湖的寂寞在无奈中幻化为对长安热切的想象，落寞的秋天在昔日的京华竟然是那样多姿多彩。杜甫在这组诗里调整了从前惯用的笔法，用浓重绚丽的色彩来描绘暗淡悲哀的感情色调，开出七律中雄浑富丽、沉着痛快之一体。正如郝敬所说："《秋兴八首》，富丽之词，沉浑之气，力扛九鼎，勇夺三军，真大方家如椽之笔。"八首诗由悲秋怀旧之情贯穿一气，章法首尾照应，自应看作一组彼此联系密切的诗歌。但各章命意和表现仍各有特色，因此可以分而观之。这里选录一、三、七、八四首。

其一是八首诗的发端，抒发面对秋江的景色而引起的羁旅之悲。取景处处从"萧森"的秋意落笔，为远近景色涂上了浓重的感伤色彩。枫树林遇到白露，本来正是红叶灿烂的季节。然而诗人却强调白露对枫树林的

"凋伤",在一片树木凋零的萧条景象中,巫山巫峡愈显得气象萧瑟阴森。波浪本在长江里,却说连天涌起,风云本在边塞上空,却说接地而阴,这就将眼前景和心中景连成一片:阴晦惨淡的风云幕天匝地、笼罩四野,分明是阴沉压抑的时代感受的写照。

秋菊两度开放,使诗人再次洒下了往日流过的眼泪。孤舟一系在夔州,便系住了自己急于归乡的心。这两句对仗,以特殊的句法浓缩了许多意思,颇耐人寻味。庾信《秋日》说:"苍茫望落景,羁旅对穷秋。赖有南园菊,残花足解愁。"原是见菊而生羁旅穷秋之悲,残花解愁只是故作豁达而已。杜甫处于同样境地,菊花不足以解愁,只能更添乡思。加上羁旅在此已近两年,所以说只有徒然对菊花再度洒泪。"他日泪"和"丛菊两开"之间没有字意的联系,上述言外之意都从这句法的断裂处生发。而"孤舟一系故园心"的句法虽然与上句相同,却收到了另一种出人意料的效果:孤舟本来只能系住自己的行踪,却把诗人的思乡之心也牢牢地系住松不开了。这一句法断裂造成了心可以被系的奇思妙想。李白的心可以"西挂咸阳树",可以"寄明月",是他自由驰骋想象的结果。而杜甫的奇思则有不少来自特异的句法构造。

触目皆秋,无以自遣,偏偏又听得白帝城高处黄昏时的捣衣声更加急促,处处都在催人裁剪寒衣。结尾承"故园心"而来。古人裁衣前,必先将衣料放在砧上,用杵捣软,使之平整光滑。每到秋天,思妇们要为远方的游子或征夫制作寒衣,因此捣衣声是人间的秋声,往往会增添客子的愁绪。杜甫虽然携家在此,但同是漂泊天涯、客居在外。面对黯淡萧条的秋景和暮色,声声急砧捣在他的心上,仿佛在催促游子归去,使他更加不堪承受这悲秋的感情重负。

此诗写悲秋之意,大至峡江边塞、细至白露枫林,远至天地风云、近至丛菊孤舟,无不凝聚着凋残萧瑟的感伤气氛,最后以高城急促的暮砧作结,悲抑之情更递进到无可言传的程度。然而气象宏阔,境界高远。作为八首的开篇,既囊括了后面七首的心事,也为各章的进一步发挥留下了广阔的余地。

千家山郭静朝晖，日日江楼坐翠微。

信宿渔人还泛泛，清秋燕子故飞飞。

匡衡抗疏功名薄[1]，刘向传经心事违[2]。

同学少年多不贱，五陵衣马自轻肥[3]。

[1] 匡衡：西汉人。汉元帝初即位时，有日食地震等灾变，向匡衡询问政治得失，匡衡屡次上疏议论时事，被提升为光禄大夫、太子少傅。

[2] 刘向：西汉人，汉宣帝时，在石渠阁讲论五经。成帝即位，任领校内府五经秘书。

[3] 五陵：长安和咸阳之间有五陵：长陵、安陵、阳陵、茂陵、平陵，均为西汉帝王陵墓。五陵周围豪富大族聚居，繁华超过长安，因而多豪侠少年。

《秋兴》第三首写独坐江楼所见晨景，清丽明净，与第一首境界迥异：诗人每天清晨在江楼上独对青缥的山色，看着朝晖映照着宁静的千家山城。这两句在寥廓的江天上大笔晕染出朝霞与青山相映的明丽色彩，又以江楼和山城人家点缀其间，笔致清朗，是如画之境。而将"千家山郭"置于首句加以突出的句序，又使全诗一开头就展示出宏阔的气象。

江面上经宿未归的渔夫还在泛舟，清秋时节的燕子仍在上下飞旋。又在静态的画面上增添了活泼的动趣。这里用"还"和"故"来强调日日所见之景都是一样，微微流露出寂寞无聊之感。信宿即再宿之意，让人联想到诗人的处境亦如江上的渔夫。燕子秋去春来，现在又要南飞了。"飞飞"用曹植《野田黄雀行》里的"黄雀得飞飞，飞飞摩苍天"之语，写燕子在天上翻飞的自由，也无形中反照出诗人滞留江湖的无奈。所以第三联才会发出"功名薄"和"心事违"的感慨。诗人在多首诗里自比渔翁，渔夫是避世绝尘的形象，积极入世的杜甫变成渔翁，是命运的不公，并非他的本愿。他的理想是像匡衡那样抗疏直谏，像刘向那样传述五经，然而自己的功名却薄于匡衡刘向，最终还是违背了"致君尧舜上"的心愿。而当初嘲笑过自己的同学少年，现在却都跻身显贵，在长安过着轻裘肥马的日子了。对比之下，诗人自

然无限感慨。但以匡衡和刘向自比,又足见诗人到老也
没有放弃自己从年轻时就立下的拯世济民的大志。虽
然只落得泛舟江湖的下场,但终究是不屑与那些"各有
稻粱谋"的五陵少年为伍的。

此诗前半首写景,后半首抒情,意脉的转承主要在
渔夫和燕子这一联景语中,由于取象本身已在历代诗歌
中积淀了丰富的含义,同时又是眼前实有之景,所以转
换自然,妙在有意无意之间。

　　　　昆明池水汉时功①,武帝旌旗在眼中。
　　　　织女机丝虚夜月②,石鲸鳞甲动秋风③。
　　　　波漂菰米沉云黑④,露冷莲房坠粉红。
　　　　关塞极天惟鸟道,江湖满地一渔翁。

① 昆明池:在长安西南斗门镇东南。汉武帝为征讨南越、昆
　　明国,于元狩三年(前120)仿滇池大修昆明池,以训练水战,
　　周围四十里。又造楼船,高十余丈,上加旗帜,十分壮观。
② 织女:昆明池里有牵牛、织女两个石像,东西相望。

③ 石鲸:昆明池里还有用玉石刻成的鲸鱼像。传说每到雷雨
时常常吼叫,鳍尾都能动。

④ 菰米:禾本科植物,生浅水中,春天生嫩芽可食,即茭白。
秋天结实,可做饭,称菰米。又叫雕胡饭。

《秋兴》的第二首到第六首,或写孤城落日中仰望
北斗、想念京华的心情;或写独坐江楼面对山色、对同学
少年的回忆;或写长安政局的变化不定;或写宫中早朝
的辉煌气象;或写曲江繁盛的游乐场面。在回顾了昔日
的开天盛世之后,长安今日衰败的情景自然也在脑海中
浮现出来。第七首写对昆明池的想望,正是借清秋时节
池苑的一隅,展现出丧乱之后长安苍凉的面貌。

昆明池是汉代遗迹,但历代都加以利用,引水以利
漕运或补充长安给水,至唐德宗时还曾经修浚。盛唐时
当为长安一处重要的胜景。这首诗回想昆明池,只抓住
几处特征,以几个印象的组合,便绘出一幅如梦忆般的
图画。开头起得声情雄壮,先说明昆明池的来历本是为
武帝战功之用,当初旌旗猎猎的盛况仿佛还在眼中。仇

兆鳌引杜甫《寄岳州贾司马》诗"无复云台仗,虚修水战船"句,认为明皇也曾在此置船,"在眼中"是借汉说唐。其实,即使是想象之景,也可以历历分明,如在眼前。诗人强调的恐怕不是曾经亲眼见过武帝楼船,而是说昔日盛况似乎并不遥远,尚在眼前。这样,颔联转到衰后景象,便自有一层盛衰无常的悲慨透出言外。

昆明池中有牵牛织女两座石像,又有玉石雕刻的鲸鱼像,这是昆明池最有特征的景物。以织女和石鲸对仗,固然是"铺张伟丽,壮千载之观"(《杜诗详注》引王嗣奭语),但说织女的机丝空负了清夜明月,未必只是形容她本为石像,不会纺织,因为传说石鲸都会在雷雨天发出鸣吼,鳍尾皆动。杜甫正是根据这一传说想象石鲸的鳞甲仍在秋风中闪动,那么停机空对夜月的织女也应该是有灵性的。"虚夜月"暗含着空对夜月的苍凉之感,与"动秋风"相对,令人想见昆明池的织女像呆呆地面对虚空,石鲸的鳞甲被秋风微微拂动,犹如夜空中的剪影,凝立在清冷的月光中。这说明在诗人的印象中,昔日楼船旌旗的壮观如今已被寂寞空冷的景象所替代,亘古不变的石像只是这盛衰变化的见证。

与石像为伴的只有满池的菰米和凋残的莲荷。菰米生长于浅水之中,现在竟然满池漂沉如同黑云,足见池水已经淤塞,昔日训练水战之所已变成菰米莲藕生长的水田。沧桑之感自见于景物描写之中。这两句在大片云水的黑色背景上缀以零落的几点粉红,突出梦忆中昆明池的萧条冷落,酷似一幅现代印象派的图画。

与萧瑟而美丽的昆明池景遥相对照的,是此地江湖上的一个孤独的渔翁。他虽然向往长安,却隔着高入云天的关塞,唯有鸟道可通。杜甫自比渔翁,不只和前面菰米莲房云水的意象相协调,也表白了自己不甘漂泊江湖的恋阙之心。

后人论唐人七律,往往推崇此诗的沉雄壮丽,善于铺陈,描画素秋景物,俨然金碧粉本。其实与传统七律相比,此诗的新创在于充分利用了七律各联的相对独立性,将若干个印象组合成类似梦境片断的画面,以突出诗人深层的心理感觉。甚至连结尾都以景联作对照,省去了收结之词。因而通篇对于兵戈乱离之状虽然不着

一字,而无限悲慨都可在景语中体味。这种表现艺术,
妙处在寻绎无穷,但也易生歧解。后来为李商隐所继承
发展,最适宜表现美丽而朦胧的忆念或梦思。

昆吾御宿自逶迤①,紫阁峰阴入渼陂②。

香稻啄残鹦鹉粒,碧梧栖老凤凰枝。

佳人拾翠春相问③,仙侣同舟晚更移。

彩笔昔曾干气象,白头吟望苦低垂。

① 昆吾、御宿:地名。都在长安东南,入蓝田县境。《汉书·
  扬雄传》:"武帝广开上林,南至宜春、鼎胡、御宿、昆吾。"

② 紫阁峰:终南山的山峰之一。渼(měi)陂:长安城西南的
  一处胜景。在今陕西西安鄠邑西五里。水源出自终南山,
  合胡公泉,汇成一片水面,向北流入涝水。

③ 拾翠:采摘花草。

如果说昆明池在杜甫的忆念中是一个冷落美丽的
梦境,那么渼陂在他的回忆中则是一个富丽优雅的仙

境。杜甫太熟悉渼陂了,早年他不止一次和朋友们来此游览,写下了《渼陂行》、《渼陂西南台》、《与鄠县源大少府宴渼陂》等诗篇。当初"少壮几时奈老何"的"忧思"(《渼陂行》),早已消失在老来追怀少壮的美好回忆中。若将此诗与昔日记游渼陂的诸诗相比较,更能看出诗人是怎样地美化了他的记忆。

　　渼陂在紫阁峰下,山峰的倒影阴了半个水面。这样的景象他以前也曾描绘过:"半陂以南纯浸山"(《渼陂行》),"错磨终南翠,颠倒白阁影"(《渼陂西南台》)。但是在这首诗里,他特意把这处胜景和汉武帝的上林苑联系起来了。昆吾、御宿一路曲折而来,渼陂原来也是皇家仙苑中的一部分。既是御苑,里面自应有凤凰、鹦鹉栖宿。"香稻"两句的倒装句法,向来为人称道,本来是鹦鹉啄剩的香稻米,凤凰栖宿的碧梧枝,经过主宾倒置,把"香稻"和"碧梧"放在句子之前,便更突出了它们给人的强烈印象。其实,之所以倒装,还与这两句中所写物象虚虚实实有关:香稻是实有之物,杜甫在《与鄠县源大少府宴渼陂》中说:"饭抄云子白。"可见他对渼陂稻米之白有深刻的记忆;而鹦鹉在唐代还是稀罕之物,自汉之唐的史书上时有海外诸国献鹦鹉的记载,因此这里以鹦鹉夸饰香稻,可能因为它是宫廷贵重的禽鸟,也可能是由此处原为上林苑旧址而生发的想象。至于凤凰碧梧当然更是传说。《说苑》:"黄帝即位,凤集东囿,栖帝梧树,终身不去。"可见这里是化用了关于帝王苑囿的典故,借用辞赋的夸张和藻饰,把印象中的渼陂想象成传说中的仙苑了。所以这两句是以虚拟的夸饰之物后置,把要突出的印象前置,虚实相生,借传说和典故来美化作为旧日御苑的渼陂,夸张其禽鸟草木等物产的丰美。

渼陂不仅有仙苑的珍禽异木,游人也都美如神仙,诗人用曹植《洛神赋》中"或采明珠,或拾翠羽"的典故,把佳人们想象成采拾翠羽的神仙;入夜之后,游人还在乘舟游览,也是实情实景。《渼陂行》所记的就是他和岑参兄弟夜里乘船游渼陂的情景,但杜甫借用《后汉书·郭太传》中"(太)与李膺同舟而济,众宾望之,以为神仙"的典故,把游人夸张成神仙伴侣。由此可见,前三联都是基于回忆中的一点印象,化用典故和传说,以虚饰实,将渼陂描绘成一个气象万千的仙苑。诗人也深为自己当初曾以彩笔渲染过这盛世的山川气象而自豪。然而如今呢?只能白头吟望,苦苦低垂,一切都成了沉思中的往事。正如陈泽州所云:"笔干气象,昔何其壮,头白低垂,今何其惫。诗至此,声泪俱尽,故遂终焉。"(《杜诗详注》引)

阁　　夜

岁暮阴阳催短景①,天涯霜雪霁寒宵。

五更鼓角声悲壮②,三峡星河影动摇。

野哭千家闻战伐③,夷歌数处起渔樵④。

卧龙跃马终黄土⑤,人事音书漫寂寥。

① 阴阳:日月。景:日光。

② 五更:古时将一夜分为甲、乙、丙、丁、戊五个更天。五更时已将天亮。

③ 战伐：指蜀中自 765 年崔旰、郭英义、杨子琳等军阀互相攻
　 伐,战乱至今未平。

④ 夷歌：古代西南少数民族被称为西南夷。夔州地处西南,
　 所以能听到少数民族唱的歌。

⑤ 卧龙：诸葛亮躬耕南阳时,徐庶对刘备说："诸葛孔明,卧
　 龙也。"跃马：指公孙述,字子阳。王莽新政时起兵,据蜀
　 称帝,定都成都。尚白色。改成都郭外旧仓为白帝仓。在
　 鱼复筑城,号白帝城。十二年后被汉光武帝消灭。

　 杜甫在夔州,寓居西阁正是秋冬之时。所作诗篇多
写萧条岁暮之景,《阁夜》是其中最负盛名的一首七律。

　 在长期的丧乱流离生活中,杜甫已惯于长夜不眠。
夜中所见所感都与动乱时代的影象交织在一起。这一
首也不例外：岁暮时节,一个雪晴之后的冬夜。五更时
军营里的鼓声和号角声此起彼伏,在夜空中回荡;仿佛
因这战声的撼动,三峡中星空和银河的倒影也在江水中
摇曳不定。长夜中不但鼓角声悠长悲壮,声声入耳,更
有荒野上千家百姓的痛哭声,时时传来战伐的消息;唯

有疏落的几处渔夫樵子的夷歌,还传递了一点生命的声息。与其他写夜景或野哭的同类诗作相比,这首诗的特色在于:这样一幅动荡时代的景象,都是通过夜中闻声的感受表现出来的。战争的各种动静在气象萧森的三峡中回荡放大,一齐奔涌到诗人的耳边,而诗人又运用铿锵的诗韵节奏强化了这战声的凄惨悲壮之感,可谓以声写声,所以读来格外声节悲壮。

更耐人寻味的是,诗人并不只是一般地描写他早已写过千百遍的战乱,而是将眼前的动荡放到更深广的时空背景中去思考。开头感叹日升月落催促着本来就太短的光阴,并不仅仅是写岁暮日短的常套。它与结尾的"卧龙跃马终黄土"相呼应,令人想到:诸葛孔明是诗人最敬仰的先哲,公孙述是白帝城的创始人,无论其功业如何,最终都归入了黄土。又何况那些耀武扬威、不成气候的诸将呢?历史上曾有多少鼓角声在江峡间回荡?但三峡星河是永恒的存在;古往今来又有多少人家为战伐而痛哭郊野?而渔樵生活不会从此断绝。这就是诗人有意将"五更鼓角"和"三峡星河"相对,以"野哭"和

"夷歌"相对,又特别强调"起渔樵"的原因。战争无论拖延多久终会结束,生命无论受到多少摧残总会延续。悟出这一对矛盾的辩证关系,暂时的人事不顺和音书断绝,又算得了什么呢? 结尾虽是聊以自慰,但这一思考的深度和力度,却使这首诗的意义越出了眼前一时一地的感受,触及了战争和人类生存的普遍规律,这种难以企及的境界才是此诗之"伟丽"在后世罕有承继的根本原因。

登　　高

风急天高猿啸哀,渚清沙白鸟飞回。
无边落木萧萧下,不尽长江滚滚来。
万里悲秋长作客,百年多病独登台。
艰难苦恨繁霜鬓,潦倒新停浊酒杯。

此诗写登高所见江上秋色,抒写了晚年到处漂泊、艰难潦倒的处境和无限悲凉的心情。全诗以精心结撰的句式、缜密工致的声律和凝练飞动的意象,展示出阔大高远的境界。在一种回旋流荡的旋律中,烘托出独立于秋气中的诗人贫病交困而孤独寂寞的形象。

诗一开头就突出了一种动感:风急、天高、猿声哀鸣,渚清、沙白、鸟儿来回飞旋。头两句写景,将字和音节排得密集而紧凑,每句各包三景,一字一顿一换,便渲染出秋气来临的紧迫之感。为缓解节奏的迫促,又采用了流畅的"灰"韵,造成声调的回环流转。登高而望,江天本来是很空阔的,但使用这种特殊的对仗和起句方式,却令人强烈地感受到:风之凄急、猿之哀鸣、鸟之回旋,都受着无形的秋气的控制,仿佛万物都对秋气的来临惶然无主。于是,本来写不出形态的秋气,便借风、猿、鸟所构成的这种飞旋回荡的动态显现出来了。

秋气来得是那样急速,自然会使诗人想到人生的秋天也是来得那样急速,而不由得产生惶然之感,所以"无边落木萧萧下,不尽长江滚滚来"这一联,就不止是写景了。"风飒飒兮木萧萧"(《山鬼》),木叶飞落,自见秋风飒然。而"无边"则放大了落叶的阵势,"萧萧下"又加快了飘落的速度。同样,写滚滚而来的长江,也有意强调了江水的急速。两句相对,未免含有逝者如斯、时不待人的悲慨,但它的境界是如此壮阔,对人们的触动却不限于岁暮的感伤,更有哲理的启示:秋气是那样无情,催促着注定要消逝的事物快速逝去,使人联想到一切有限的生命,包括短促的人生。宇宙和生命又是永恒的,正如这长江水不停地流去,却永远也没有流尽的时候。

如果说前半首在快速来临的秋气中已经蕴含着对人生之秋的感悟,那么后半首则以同样的快速概括了诗人一生的经历:万里飘流,又常在客中悲秋,人到晚年,老来多病,又如此孤独,这种种人生最凄凉的境况都集于一身,此时登高四望,心情如何也就不言而喻了。如果说这一联是总结诗人毕生的悲秋之苦,那么最后一联则是抒写眼前的处境之苦:日子原就艰难、满怀苦恨,已使鬓发日渐变白,更何况最近又因肺病戒酒,连一杯解忧的浊酒都不可得。对此秋景,更当奈何?

前人赞此诗"一篇之中,句句皆律,一句之中,字字皆律","而有建瓴走坂之势",指出如此精密的对仗和严格的声律,却能形成顺流而下的气势,实属不易。杜诗七律流畅者不少,但此诗的结撰方式难度极大:首联密集的音节安排与写景的急速变换相对应,构成动荡回旋的意象;颔联用歌行式对仗,又增加了流畅的声情;颈联、尾联连用递进句法,一意贯穿,遂使全诗一气流注,峭快中回荡着飞扬流转的旋律。充分调动文字在意象和声调方面的特点,通过精心的构句,使文字形成的节奏声韵体现出字面意义所不能完全表达的感受,显然是这首七律在艺术表现上最难的地方。从这一点来说,明人胡应麟称它"章法、句法、字法,前无古人,后无来学,此当为古今七律第一,不必为唐人七言律第一",是不为过誉的。

又 呈 吴 郎

堂前扑枣任西邻,无食无儿一妇人。
不为困穷宁有此,只缘恐惧转须亲。
即防远客虽多事,便插疏篱却甚真。

已诉征求贫到骨,正思戎马泪盈巾!

767 年冬天杜甫自瀼西移居东屯,不久他的一位晚辈亲戚吴郎从忠州来。吴郎在州府任司法参军,因为带着家眷,杜甫把瀼西草堂让给他们住。安顿下来以后,杜甫在东屯写过一首《简吴郎司法》的诗,本诗是专为嘱咐一件事又写的,所以题为《又呈吴郎》。

杜甫叮嘱吴郎的事是:瀼西草堂西邻住着一个无儿无食的妇人,常到草堂前来打枣儿。杜甫住在这里时,是“枣熟从人打”(《秋野五首》其一),从不干涉。吴郎入住后,插上了篱笆。因此杜甫担心那妇人以后不敢再来,便委婉地劝导吴郎:我向来是任凭西邻到堂前打枣的,她是一个无食无儿的寡妇呵!如果不是因为穷困怎会这样做,只因为她心里害怕更该对她表示亲近。她防备您这位新来的远客不敢打枣,虽也是多事,但您一来就插上篱笆,她就认真了。听她平时诉说被官府征敛已经穷到骨髓,想到战乱带给这些穷人的苦难,不由得我热泪沾满了手巾!

诗用第二人称的口吻,对西邻的同情发自肺腑,出自真情至性,极其恳挚感人。中间两联分两层分析吴郎和西邻的心理,措词尤其委曲周至。诗人的主要目的是维护西邻,劝吴郎给她留下这一点可怜的生计;但是又不便把吴郎插篱的行为说成是有意防范,伤了吴郎的面子,所以反过来用为吴郎辩护的口气说西邻防备吴郎也是多事,但插篱让她较真又不无道理,所以对她的态度还是要亲近些。这样两面回护,两面开脱,可谓含意微妙,用心良苦。

以七律代书简诉求生活琐事,自卜居草堂以后在杜诗中常见,但这首诗却是借一件邻里关系的小事,反映了当时战乱不息、诛求无厌给人民造成的深重灾难,意义重大,所以实际上诗人是运用七律的形式表现了新题乐府的内容。

观公孙大娘弟子舞剑器行 并序

大历二年十月十九日①,夔府别驾元持宅见临颍李十二娘舞剑器②，壮其蔚跂③；问其所师，曰：
"余公孙大娘弟子也④。"开元五载⑤，余尚童稚，记
于郾城观公孙氏舞剑器浑脱⑥，浏漓顿挫⑦，独出冠
时。自高头宜春、梨园二伎坊内供奉⑧，晓是舞者，
圣文神武皇帝初⑨，公孙一人而已。玉貌锦衣，况
余白首。今兹弟子，亦匪盛颜。既辨其由来，知波
澜莫二。抚事慷慨，聊为《剑器行》。往者吴人张
旭⑩，善草书书帖，数常于邺县见公孙大娘舞西河
剑器⑪，自此草书长进，豪荡感激，即公孙可知矣！

昔有佳人公孙氏，一舞剑器动四方。观者
如山色沮丧，天地为之久低昂。㸌如羿射九日
落⑫，矫如群帝骖龙翔⑬；来如雷霆收震怒，罢
如江海凝清光。绛唇珠袖两寂寞，晚有弟子传
芬芳。临颍美人在白帝，妙舞此曲神扬扬。与
余问答既有以，感时抚事增惋伤。先帝侍女八
千人，公孙剑器初第一。五十年间似反掌，风
尘澒洞昏王室⑭。梨园子弟散如烟，女乐余姿

映寒日。金粟堆南木已拱⑮，瞿唐石城草萧瑟。
玳筵急管曲复终，乐极哀来月东出。老夫不知
其所往，足茧荒山转愁疾。

① 大历二年：公元767年。

② 别驾：官名，州刺史的佐吏。元持：人名。临颍：故城在今
河南临颍西北。

③ 蔚跂(qí)：雄豪壮观的样子。

④ 公孙大娘：唐开元年间著名女舞蹈家。据《明皇杂录》：时
公孙大娘能为邻里曲及裴将军满堂势、西河剑器浑脱舞，
妍妙皆冠绝于时。

⑤ 开元五载：公元717年。

⑥ 郾(yǎn)城：在河南临颍县南。剑器浑脱：剑器与浑脱两
种舞合起来表演。剑器舞，据张尔公《正字通》说，是古武
舞之曲名，其舞用女伎雄妆，空手而舞，见《文献通考》舞
部。但任半塘先生引敦煌曲《剑器词》辨明剑器舞应持剑
器。又，朝鲜《进馔仪轨》中有"剑器舞图"，图中女伎一人
舞双剑。该书所载唐舞为北宋末年传入，可以参证剑器舞
有持剑的。浑脱舞，据日本学者考证，应是以生有毛的小

动物的皮剥制后做成冠或帽子一类戴在头上跳的舞，或者以动物的头部作帽子、躯干部分的皮毛作为舞人服装，实际是一种模仿动物的舞蹈。

⑦ 浏漓：形容舞姿酣畅飞动。

⑧ 高头：前头，指常在皇帝面前。宜春：唐代设教坊。有左教坊，在延政坊；右教坊，在光宅坊，都是外教坊。另有内教坊，在宫内。玄宗在开元二年（714）又在大明宫（蓬莱宫）旁设新内教坊。四种教坊中妓女色艺俱佳、位置最高的进入东宫内的宜春院，称内人，其中常在皇帝跟前的称前头人。梨园：玄宗在禁苑的梨园置太常寺乐工子弟三百人，亲自教授他最喜爱的法曲。这些人被称为皇帝梨园弟子。伎坊即教坊，指以上教习音乐歌舞的机构。

⑨ 圣文神武皇帝：开元二十七年（739）大臣给唐玄宗上的尊号。

⑩ 张旭：盛唐著名书法家。参见《饮中八仙歌》注。

⑪ 西河剑器：盛唐时有新的音乐自河西传来，号为胡音声，十分流行。西河剑器可能就是用这种河西新声配乐的剑器舞。

⑫ 羿射九日：上古神话，唐尧时，天上有十个太阳，草木枯焦，

有一个名叫羿的善射者，射下了九个太阳。

⑬ 群帝：众仙人。骖龙翔：驾龙飞翔。骖，古代指驾在车两边的马。

⑭ 风尘澒洞：指安史之乱。澒洞，浩大无边的样子。

⑮ 金粟堆：玄宗陵墓所在的金粟山，在陕西蒲城东北。

　　盛唐不仅经济繁荣、政治清平，书画乐舞等各种艺术也都取得了灿烂辉煌的成就。公孙大娘的剑器浑脱舞是当时盛行在宫廷和民间的散乐的一种。杜甫在儿童时代就亲眼看过她的表演。五十年来，国家经历了盛衰巨变，宫廷乐舞也大都散失。流落在夔州的诗人看到她弟子的表演，从熟悉的剑器舞舞姿中再次重温了昔日繁华的旧梦，心中的悲凉是难以言喻的。

　　此诗没有直接描写观看公孙弟子舞剑器的经过，而是一开篇就回忆公孙大娘昔日惊动四方的舞姿。诗人曾是从前的观者，见过当初公孙表演的大场面。所以先从观者的神色和反应来写公孙之舞的艺术效果：看客重叠如山，个个脸上失色，足见剑器舞的气势何等逼人。

观众只觉得天地都在上下晃动,那么舞姿的飞腾眩目也就不难想见。随后诗人就借"天地"的变化,从四个方面来形容此舞的动作。敦煌曲《剑器词》说:"排备白旗舞,先自有由来。合如花焰秀,散若电光开。喊声天地裂,腾踏山岳摧。剑器呈多少? 浑脱向前来。"此诗虽是写群舞,但还是可以看出舞姿以有力的腾踏为主,伴随着山崩地裂的喊声。电光闪耀可能与白旗的挥舞有关,但也不能排斥剑器的闪光。公孙大娘是独舞,是否有白旗助威,不得而知,但如本诗注⑥所说,朝鲜传入的剑器舞是一个女子手持双剑。公孙之舞也应如此。了解剑器舞的基本动作,就比较容易理解杜甫写此舞的四个比喻:"燿"是闪烁的意思,只见流光闪耀好像九个太阳被后羿从天上射落,这是写下跃的姿势;其"矫"捷如同群仙驾龙在空中翻翔,是写飞腾的姿态;向前来时,好像雷霆收起它的震怒,这是写来势的迅疾;舞罢仿佛江海凝住了万里清光,这是写收势的沉稳。"燿"和"清光"与《剑器词》所写的"电光"意思相同,可以想见舞者腾踏跳跃的急速,犹如一团电光伴随着雷霆上下翻飞。

如果没有剑光闪闪伴舞,很难有这样的视觉效果。四个比喻从声色姿态几方面写尽了舞者的不凡身手,但没有一句见人,只是让观者恍如经历了一场雷电交加、翻江倒海的风云变幻过程。

后半首分两层感叹世事的沧桑,先是从剑器舞本身的盛衰见出五十年的风尘变化:既惋惜公孙的红袖朱唇已归于寂灭,又庆幸她能有弟子传其舞艺的芬芳,至此才扣住诗题,补叙公孙弟子的妙舞神采飞扬。但因重点仍在感时抚事,很快又转回去称道当初公孙的剑器在先帝的八千侍女中名列第一,带出当初宫廷女乐的盛况。随之又嗟伤目前梨园弟子烟消云散、空余公孙弟子在临颍的舞姿独映寒日。如此几番回环往复的对比,将盛衰之感抒发得淋漓尽致。然后再就眼前宴会情景极写衰后的冷落和凄凉:玄宗墓上已可合抱的树木,与瞿塘峡中萧瑟的荒草遥遥相对,意味着开元盛世已随玄宗永远埋入了陵墓,诗人的心境与这寒峡荒草一样萧瑟落寞;眼前的华筵也已曲终人散,让人又一次领略了乐极哀来的滋味。东方月出,照着老人孤独的身影,心神俱乱地迟步向荒山走去……

　　南宋诗人刘克庄赞"《舞剑器行》世所脍炙绝妙好辞也","一如壮士轩昂赴敌场"。前半首对舞姿的形容既有霹雳崩摧之势,又有蛟龙回翔之态,确实精彩绝伦。但如无后半首千回百转的抒写悲感,便只有一往无前的气势,不能如此回肠荡气、感人至深。而后半首虽然哀伤之极而骨力不弱,却又正得力于前半首的慷壮之气。此诗与《丹青引》同工异曲,一画一舞,由小见大,总为开元、天宝五十年兴废治乱而发,而即事寄慨,各臻其妙,足见诗人堂庑之深广。

七、漂泊荆湘(768—770)

　　唐代宗大历三年(768)元宵节前后,杜甫离开夔州东下,走上了返回故乡的旅途。原计划重游江东,然后循江南运河、邗沟、淮水、广济渠,经梁宋返洛入京。船到江陵,拟暂时居留,但告贷无门,生活窘迫,只得在这年暮秋携家离开江陵去公安(今湖北公安)。在公安受到老朋友的热情接待,憩息数月。于年前东下岳阳,来到洞庭湖畔。大历四年(769)春,又从岳阳出发去游衡山(南岳),投奔在衡州当刺史的旧友韦之晋,一路经洞庭湖、青草湖入湘江到潭州(今湖南长沙)。在潭州游岳麓山后,继续南下,经湘潭、衡山县到衡州(今湖南衡阳)。但杜甫到衡州不久,韦之晋就奉召调离,随后即病死在潭州。杜甫不得已再回潭州。在旅途中熬过了一年"终日忍饥西复东"(《白凫行》)的日子,便到了大历五年(770),这是杜甫在人世间的最后一年。四月,湖南兵马使臧玠杀观察使崔瓘,在潭州作乱。杜甫仓促避乱再赴衡州,原打算从衡州到郴州,依靠舅氏崔伟。赴郴州途中,在耒阳阻水停泊五天不得食,耒阳聂令闻讯即送去牛炙白酒慰问。后人遂附会出杜甫饮食过量,一夕之间死于耒阳的传说。其实杜甫因不耐耒阳的暑气,决定不去郴州,又返回潭州,到秋天准备去汉阳和襄阳。在潭州往岳阳的船上,他抱病写下了《风疾舟中伏枕书怀三十六韵奉呈湖南亲友》,深深地叹息:"书信中原阔,干戈北斗深。……战血流依旧,军声动至今。"写完这首绝笔诗不久,诗人便怀着至死未见风尘清的遗恨,走完了艰难的人生旅程,享年五十九岁。

在漂泊荆湘的三年里,战乱始终未曾平息,先后有商州兵马使刘洽、幽州兵马使朱希彩、泸州刺史杨子琳、湖南兵马使臧玠等作乱,吐蕃又屡次进犯灵州。杜甫离开夔州次年,杨子琳就攻入夔州。到了潭州又赶上臧玠之乱。在到处投亲靠友的羁旅生活中,杜甫不但再次亲历了地方军阀挑起的战乱,还饱尝了世态炎凉的滋味。辗转流离,生计无着,找不到一个安定的栖身之所。诗人人生的最后阶段依旧是在动荡不安的生活中度过的。

这一时期杜甫的诗歌有很多是作于水上旅程中,在大量的纪行诗中产生了《登岳阳楼》、《江汉》等名篇。由于到处走亲访友,应酬之作也不在少数。但是诗人忧国忧民的热情未曾稍减。沿途看到百姓不堪诛求之苦,时时听到全国各地叛乱的消息,他又创作了《岁晏行》、《客从》、《蚕谷行》等新题乐府。《入潭州》、《逃难》、《白马》也都是记臧玠之乱的诗史。以新题歌行自喻苦境的《呀鹘行》、《白凫行》、《朱凤行》等,是杜甫寓言体咏物诗在这一时期的新发展。而《风疾舟中伏枕书怀三十六韵》作为杜甫对一生的最后的总结,说明长篇咏怀确实是杜甫平生最见根柢的诗体。

短歌行赠王郎司直

王郎酒酣拔剑斫地歌莫哀，我能拔尔抑塞磊落之奇才^①。豫章翻风白日动^②，鲸鱼跋浪沧溟开，且脱佩剑休徘徊。西得诸侯棹锦水^③，欲向何门趿珠履^④？仲宣楼头春色深^⑤，青眼高歌望吾子^⑥，眼中之人吾老矣！

① "我能"句：《后汉书·郭太传》："振拔士人，皆如所鉴。"

② 豫章：两种乔木的名称。豫又名枕木，章又名樟木，都是名贵的木材。

③ 棹：划船的桨，这里作动词用。锦水：即锦江。

④ 趿珠履：战国时楚国春申君有门客三千人，上客穿珠履。这里指做幕僚。

⑤ 仲宣：汉末建安文人王粲（177—217），字仲宣。董卓之乱后流落荆州，依附刘表，但不受重视，遂作《登楼赋》抒写不遇的愤懑。三国时荆州在今湖北襄阳。后来荆州移治江陵，所以江陵也有仲宣楼。

⑥ 青眼：魏晋文人阮籍能翻青白眼，见到有好感的人，以青眼
　　对之，反之则以白眼相对。

这首诗是杜甫到江陵后所作。诗题为"赠王郎司
直"，是称呼王郎的官职名，司直掌纠劾官吏之事。从
诗里看，王郎此时很失意，司直大约是从前的官职。宝
应二年(762)杜甫在成都作过一首《戏赠友》："元年建
巳月，官有王司直。马惊折左臂，骨折面如墨。"钱谦益
认为这诗里的王司直就是王郎司直。王郎将到蜀中去，
杜甫就写了这首诗勉励他。

当时四川并不太平，杜甫离开蜀中也不久，对于王
郎此去谋求前程，并无把握。但王郎还年轻，作为旧友，
诗人还是鼓起了最大的劲头来勉励他。开头使用两个
十一字的长句，劝王郎不要拔剑悲歌，自己能使奇才振
作起来。起得突兀豪荡，如一股狂飙拔地而起。第一句
里堆砌了王郎酒酣、拔剑斫地、哀歌的三个动作，使几个
密集的词组之间没有顿逗，造成了一口气道出的急促语
感。《后汉书·齐武王传》："张邛拔剑击地。"鲍照《拟

行路难》："拔剑击柱长叹息。"李白《行路难》："拔剑四顾心茫然。"都是表示极度愤懑无奈的动作。所以从杜甫的劝导反过来又可看出王郎此时为世路难行而急躁愤激的神情。第二句以同样的字数相接,但并不对偶,而是在"奇才"前加了"抑塞磊落"的长定语。这同样是以密集的词组造成与上句相称的气势,并进一步阐发上句诗意,说明王郎之所以拔剑哀歌是因为奇才的抑塞不平。两句紧承紧接,连续使用"拔"字,便以振拔之气先声夺人。

以下连举两个比喻来振拔王郎,先把他比作豫章名木,枝大叶茂,虽要承受劲风,但终能撼动白日;又比作大海鲸鱼,在巨浪间跋涉虽然不易,但沧溟终会为之敞开。意为虽然行路艰难,但必定前程万里。然后从"且脱佩剑休徘徊"以下突然换韵,点出王郎的去向是到蜀中干谒诸侯,尚不知哪座府门能够把他尊为上客。这就从豪情万丈的展望顿转为眼前的失意寥落,但还是以"锦水"与"珠履"的富丽辞藻表示了对王郎的美好祝愿。"仲宣楼头春色深"应是宴别实景,那么以当初王粲写《登楼赋》的心境来形容眼前的王郎,是再切合不过的了。最后是道别之语:以青眼凝望王郎,放声高歌,只希望这眼中知己能够有以慰我衰老之人。结尾大声嗟叹,高歌之中透出无穷悲感。

此诗首尾四句均用散文句调,以中间转韵分出前后两层意思,句法章法都很新颖。前人赞此诗"突兀横绝,跌宕悲凉",十分中肯。但诗中更令人感奋的是那种狂放的豪气和爽朗的神情,在漂泊西南时期的杜诗中似乎已经久违了。为了使青年友人振作起来,他掩藏了自己对世事的失望,以盛唐时代的热情和自信将他送上新的人生之路,为他展示了光明和希望。这才是本诗最深刻动人的地方。

登 岳 阳 楼

昔闻洞庭水,今上岳阳楼①。
吴楚东南坼②,乾坤日夜浮。
亲朋无一字,老病有孤舟。

戎马关山北^③,凭轩涕泗流。

① 岳阳楼:湖南岳阳城西门楼,下临洞庭湖。

② 吴楚:今湖北、湖南及安徽、江西的部分地区上古属楚地。
   今江苏、浙江及安徽、江西的部分地区上古时为吴地。坼:
   分裂。

③ 戎马:这年八月吐蕃十万众进犯灵州,两万众犯邠州。京
   师戒严。郭子仪率兵五万屯奉天防备吐蕃。

此诗作于768年杜甫初到岳阳时。

古今咏洞庭湖的名篇不少,其中只有孟浩然的《望
洞庭湖赠张丞相》可与杜甫这首诗相媲美:"八月湖水
平,涵虚混太清。气蒸云梦泽,波撼岳阳城。"诗人超出
视野的局限,以融入太虚之中的整个身心去感受洞庭湖
云气蒸腾、天水混茫的气势,和洪波涌起、撼动岳阳的伟
力,着重在夸张云水和洪波的关系。杜甫这首诗形容洞
庭湖的壮观,同样超出了视野的局限,但着眼于它分裂
吴楚的地势和包容乾坤的度量,即脱略了洞庭湖的水

景,从地理位置更拓开到整个天地乾坤。由于星辰日月的循环周转都浮在湖水之上,那么与乾坤对应的洞庭自然是更加浩淼无边了。

后半首自叙兵乱中漂泊的孤独,以"无一字"对"有孤舟",无论是无还是有,都极言其小。黄生说:"前半写景,如此阔大。转落五六,身事如此落寞。诗境阔狭顿异。"固然不错,但极小之身事其实更反衬出境界的阔大。当然由于前面写景壮观之极,突然转到一字一舟,如何结尾,便很难措意。如黄生所说:"结语凑泊极难,不图转出'戎马关山北'五字,胸襟气象一等相称,宜使后人搁笔也。"(仇兆鳌《杜诗详注》引)关山与乾坤、吴楚的广阔境界相当,而且进一步从东南拓到北方,所以气象相称。最后凭栏洒泪的诗人又正是对"老病有孤舟"的呼应,而其涕泗则是面对着整个北方的戎马而流,所以胸襟极宽。唐庚赞此诗"气象宏放,涵蓄深远,殆与洞庭争雄"(同上)。确实,杜甫可干造化的笔力以及他包容宇宙的襟怀,使他创造了比洞庭湖本身更为壮阔的诗境。

岁　晏　行

　　岁云暮矣多北风，潇湘洞庭白雪中①。渔
父天寒网罟冻②，莫徭射雁鸣桑弓③。去年米
贵阙军食，今年米贱大伤农。高马达官厌酒
肉，此辈杼轴茅茨空④。楚人重鱼不重鸟，汝休
枉杀南飞鸿⑤。况闻处处鬻男女，割慈忍爱还
租庸⑥。往日用钱捉私铸，今许铅锡和青铜。
刻泥为之最易得，好恶不合长相蒙⑦。万国城
头吹画角，此曲哀怨何时终？

① 潇湘：据魏源《三湘棹歌序》：楚水入洞庭者有三：蒸
　湘、资湘、沅湘，名为三湘。资湘又名潇湘。《水经注》
　不载潇水，柳宗元别指永州一水为潇水，于是以蒸湘为
　潇湘。
② 罟(gǔ)：即网。
③ 莫徭：杂居长沙的少数民族，自称其祖先有功，被免征役，
　所以名莫徭。徭即徭役。

④ 杼轴：织布机具。茅茨：茅屋。

⑤ "楚人"二句：《风俗通》：吴楚之人嗜鱼盐，不重禽兽之肉。

⑥ 租庸：唐代赋税制度，交纳粟米谷子叫做"租"，服役或交纳绢帛代替劳役叫做"庸"。

⑦ "往日"四句：唐朝制度，不许私自铸钱，盗铸者判死刑。天宝年间，盗铸者增多，在青铜里夹杂铅和锡，没有钱的型制。富商奸人渐渐收聚好钱，运到江淮之南，每一个好钱可以换私铸的五个恶钱。再冒充官钱，入京私用。

这首歌行体的新题乐府，应是杜甫768年暮冬流寓岳阳时所作。"岁晏"即岁暮，以此为题，是因为有感于这一带百姓在官府诛求、奸商欺骗下民穷财尽，到年终时更加无以为生。即事名篇，是新题乐府的一个重要特点。但这首诗与以前的新题乐府有所不同，并非专就一件事而发，而是由岁暮时天寒地冻的景象起兴，反映整个江南地区百姓的穷困状况，铺开了广阔的社会生活画面。

诗里涉及的内容乍看很杂,但细细玩味,还是集中在一个"穷"字上:开头写岁暮时节北风凛冽,潇湘洞庭被白雪覆盖,既是岁暮实景,也展示了人民生活在这一片白茫茫大地上的贫穷背景。原来捕鱼为生的渔父因为天寒,连渔网都冻住了,又何以为生呢?只有像莫徭那样射雁充饥,可见是穷到了没有饭吃的程度了。这就自然引出农民为什么没有米吃的问题:去年米贵是因为军队缺粮,说明米都被征去充了军粮。今年米贱,农民种稻卖不了好价钱,又大受其害。说明无论稻米贵贱,老百姓都是穷。然后以吃厌了酒肉、骑着高头大马的达官与农民空空的织布机作一个比较,说明百姓的穷是被达官们诛求一空的结果。

下面又以开头的射雁为引子,对百姓的穷作进一层的说明:射雁也解决不了什么问题,因为楚人不吃鸟只吃鱼。那么当最后一点生路断绝之后,老百姓只好卖儿卖女了。而百姓忍痛割爱抛弃骨肉的结果,不是为自己的温饱,而是为了还官家的租庸,可见官府把人逼到了卖儿卖女的地步,还是不放松盘剥。那么老百姓还有什么活路呢？

　　然而更悲惨的是到了卖儿卖女的地步，还要受恶钱蒙骗之苦，私铸钱币不但不像往日那样被禁，而且公然混进了铅和锡，用陶泥来做钱模，而这些最容易铸的恶钱又被大量运到江淮以南来蒙骗这里的百姓。老百姓忍慈割爱的结果，是用自己的亲骨肉换来一堆滥钱。这穷还可救药吗？这就一步逼进一步，层层递进，透彻淋漓地将百姓贫困之极的状况和原因刻画出来了。而这一切的根源都在于这无休无止的战争。所以结尾哀叹万方的城头都在响着战争的号角，人民的哀怨和这哀怨的角声一样，何时能够终结呢？

　　这首诗由兴象引入议论，实际是分析洞庭一带百姓穷困境况的一篇专论。所以具有议论文层层深入的内在逻辑，但所述各种现象之间的因果和递进关系并没有在字面上显现出来，而是隐藏在各种现象和事实的对比以及作者的长吁短叹中，所以读来跳跃动荡、夭矫变化，一时不辨章法，须仔细体悟方得其要领。在杜甫的新题乐府中也算是别开生面。

客　从

客从南溟来[①]，遗我泉客珠[②]。

珠中有隐字[③]，欲辨不成书。

缄之箧笥久，以俟公家须。

开视化为血，哀今征敛无！

① 南溟：南海。

② 泉客：即鲛人。古代传说，南海里有鲛人，长住在水底织丝，流出的眼泪能变为珍珠。

③ "珠中"句：段成式《酉阳杂俎·贝编》：摩尼珠中有金字偈。段成式为晚唐人，但此传说应早已有之。

　　这首诗的标题效仿汉乐府取首句头两个字或三个字为题的做法。而"客从远方来，遗我双鲤鱼"、"客从远方来，遗我一端绮"这样的开头，在汉乐府和汉古诗中也是常见的。因此这首诗从命题到句式都更像汉乐府。但内容则是根据唐代的时事，可以说是一首新题乐府。

汉乐府古诗多用叙事体,这首诗运用同样的叙事手法,虚构了一个珠化为血的故事:说有客人从南海来,送给我鲛人的珠子。由于传说鲛人滴泪成珠,这里特意说明泉客珠,已埋下了珠子是眼泪凝成的伏笔。接着又描写这珠子的珍奇:珠子里隐约有字,想要辨别又不成文字。佛教传说摩尼珠里有金字偈,诗人借助这一传说,生发奇特的想象,给这故事增加了扑朔迷离的色彩。如此奇珍,当然要好好珍藏在竹箱子里,等着官家的征求。然而,日久打开箱子看时,珠子竟化为鲜血,可悲的是现在没有东西可应付征敛了!这个故事形象地说明了朝廷征敛的珠玉均为人民的血泪所凝的道理,寓意极其鲜明深刻。但构思很奇,珠子里隐约难辨的字似乎藏着鲛人心中难言的隐痛,而织丝的鲛人又自然令人想到民间织机旁的寒女。这样,看似荒唐的一个故事就与现实中的征敛自然联系起来了,这隐字也就暗喻着统治者所不了解的下民的痛苦。将奇特的想象写得像生活中经历的事情那样真实,使全诗成为一个完整的比兴,这又是杜甫对汉乐府古诗表现艺术的发展。

江南逢李龟年

岐王宅里寻常见[①],崔九堂前几度闻[②]。

正是江南好风景,落花时节又逢君。

① 岐王:李范,唐睿宗的第四子,唐明皇的弟弟,封岐王,卒于
开元十四年。

② 崔九:此句下有原注:"崔九即殿中监崔涤,中书令崔湜之
弟。"玄宗开元时与崔涤很亲密,用为秘书监。开元十四
年卒。

李龟年是盛唐著名宫廷音乐家。唐郑处诲《明皇
杂录》载:"唐开元中,乐工李龟年、彭年、鹤年兄弟三人
皆有才学盛名,彭年善舞,鹤年、龟年能歌,尤妙制《渭
川》。特承顾遇,于东都大起第宅,僭侈之制,逾于公
侯。宅在东都通远里,中堂制度,甲于都下。其后龟年

流落江南，每遇良辰胜赏，为人歌数阕，座中闻之，莫不掩泣罢酒，则杜甫尝赠诗。"范摅《云溪友议》说："明皇幸岷山，百官皆窜辱。李龟年奔迫江潭……龟年曾于湘中采访使筵上唱'红豆生南国……'又曰：'清风明月苦相思……'此辞皆王右丞所制，至今梨园唱焉。歌阕，合座莫不望南幸而惨然。"所记尚在明皇奔蜀之时。距杜甫到湘潭，又有十五年了。李龟年在盛唐受到玄宗如此宠遇，富贵极于一时；而安史乱后如此落魄，昔盛今衰，对比何其鲜明，难怪杜甫见到他要不胜感慨了。

李龟年在盛唐既然如此贵幸，杜甫为什么只取岐王和崔九两人，来回顾李龟年经常出入于贵族宅第的往事呢？李龟年等享有盛名都在开元中，岐王和崔九都卒于开元十四年。据闻一多先生《唐两京城坊考》，东都尚善坊有岐王宅。又据陈贻焮先生《杜甫评传》引张说《荥阳夫人郑氏墓志铭》，崔涤之母卒于洛阳遵化里。可见崔九也有宅在东都。首二句有两层意思：一指岐王宅里和崔九堂前经常可以见到李龟年。因为岐王在开元中以前的诸王中是最有权势的，史称岐王好学工书,雅爱文章之士,士无贵贱,皆尽礼接待;而崔九也特受玄宗厚待,出入禁中,与诸王侍宴,可不让席而坐。李龟年经常出入于他们的宅第,所受特殊礼遇也就可以想见。二指杜甫曾在岐王和崔九堂前经常见到李龟年。开元十四年前,杜甫不过十四五岁,但他自称当时在东都"出游翰墨场",又"结交皆老苍",那么很可能得以随文墨之士入岐王宅和崔九堂。开元十四年前,正是盛唐政治和经济都趋向于极盛的时期,开元十三年东封泰山,就是太平盛世的象征。所以杜甫取岐王和崔九两人,不仅回顾了昔日曾见李龟年的实际经历,也把心中怀念的盛唐定位于开元中,回到了他对前程满怀信心的青少年时代。

事隔三十多年,正是江南风景好的时候,没想到在落花时节又遇见了流落江潭的李龟年。落花时节是暮春实景,自然令人想到一切繁华如落花飘零,昔盛今衰之悲自在黯然不言之中。

前人论唐人七绝,多奉李白、王昌龄、王维为正宗。确实,像盛唐七绝那样语近情遥、清新天然的境界,在杜

甫七绝中不多见,但杜甫并非不能为之。这首诗就是眼
前景、口头语,但含蓄蕴藉,风韵无限。以这样一种开元
中常见的七绝风调来抒写回首开元往事的深沉感慨,恰
与李龟年所唱的王维绝句同一风味。这或许正是杜甫
纪念开元盛世的一种方式吧?

江　汉

江汉思归客①,乾坤一腐儒②。

片云天共远,永夜月同孤。

落日心犹壮,秋风病欲苏。

古来存老马,不必取长途③。

① 江汉:杜甫诗里用江汉有两处,未出峡时,指西汉水,注入
涪江;出峡以后,指东汉水,流入长江。

② 腐儒:《史记·黥布传》:高帝谓随何为腐儒:"为天下安
用腐儒?"

③ "古来"二句:《韩非子·说林上》:"管仲、隰朋从桓公而伐

孤竹，春往而冬返，迷惑失道，管仲曰：'老马之智可用也。'乃放老马而随之，遂得道焉。"

这首诗大约作于诗人去世的前一年，抒写自己飘泊江汉的孤独，以及病情好转时重新勃发的壮心。诗人的高情远志与云天日月化成一片，在空远高旷的境界中突出了自己独立在天地间的形象。

如果说在江汉的广阔天地中飘流的思归之客的形象，还只是强调了诗人滞留在此的思乡之心，那么"乾坤一腐儒"就是在这背景上，将自己在天地宇宙间的渺小孤独感进一步抽象化之后产生的一个象征性的意象。杜甫早就在诗里提炼自己的这种孤独感，《旅夜书怀》已经为他的漂泊生涯找到一个形象的比喻："飘飘何所似？天地一沙鸥。"但这还不足以表现他对自己在乾坤之间的位置的思考。乾坤既包含天地宇宙，又包含人类社会。诗人原来的抱负是要经纬天地的，然而越到人生的最后阶段，他越是痛感自己的渺小无力。汉高祖说，为天下不用腐儒，一生奉儒的杜甫在这乱世中真正体会到了自己于天下的无用。因此"乾坤一腐儒"的境界中包蕴着多少痛楚和无奈！然而乾坤之间只有他这个腐儒始终没有放弃经纬天地之心，这难道不是伟大的孤独吗？诗人显然是甘心于这种孤独的，所以他说自己和天上的云彩一起飘向远方，像长夜里的明月一样孤单。古人向来以浮云比游子，与片云共远的比喻当然首先是感叹自己的漂泊无依，但是陶渊明也曾把自己比作"暧暧空中灭"的孤云，那就是甘愿随着自己的理想孤独地消失的象征了。于是在这孤独之中我们又体会到了诗人的孤高自许。同样，与月同孤的诗人固然是孤单，但明月的皎洁和孤清不也象征着诗人光明的心地吗？这云，是短暂的；这月，却是永恒的。诗人为自己在乾坤中的定位，难道不正体现了他能够获得生命永恒的信念吗？

正因为诗人身为腐儒而仍不忘乾坤，所以见到落日犹能激起壮心，更何况秋风消退暑热，使久病的身体有了好转。落日虽然是太阳最后的一点余晖，但仍然壮丽辉煌。而老马虽然不一定能驰骋千里，但还可取其识途的智慧。面对秋风落日，诗人勃发的是老去犹有可为的雄心,而不是颓唐伤感的哀鸣。或许,这种振奋只是青年时代的壮志在烈士暮年的回光返照,但杜甫确实是怀着一颗不已的壮心走到生命尽头的。

这虽然不是杜甫最后一年的作品,但在这首诗里,杜甫最终以"乾坤一腐儒"这一高度凝练的理念概括了自己的形象,以富有象征性的高远境界为自己的一生作了光辉的总结。所以移置末篇,借此结束这本《杜甫诗选评》。

"李杜文章在,光焰万丈长!"(韩愈《调张籍》)诗圣的精神和文章永远与乾坤同在!

《中国古代文史经典读本》（文学类）书目